コンビニたそがれ堂　夜想曲

村山早紀

ポプラ文庫ピュアフル

コンビニたそがれ堂

夜想曲

風早《かざはや》の街の駅前商店街のはずれに
夕暮れどきに行くと
古い路地の　赤い鳥居の並んでいる辺りで
不思議なコンビニを見つけることがある
といいます

見慣れない朱色に光る看板には
「たそがれ堂」の文字と　稲穂の紋

ドアをあけて　中に入ると
ぐつぐつ煮えているおでんと
作りたてのお稲荷《いなり》さんの甘い匂いがして

レジの中では
長い銀色の髪に　金の瞳のお兄さんが
にっこりと　笑っています
切れ長の目は　きらきら光っていて
ちょっとだけ　怖《こわ》いけれど
明るくて　あたたかい声で
その人は「いらっしゃいませ」
と言うのです

「いらっしゃいませ、お客さま
さあ　なにを　お探しですか？」

そのコンビニには
この世で売っている　すべてのものが
並んでいて
そうして
この世には売っていないはずのものまでが
なんでもそろっている　というのです

大事な探しものがある人は
必ず　ここで見つけられると
いうのです

店の名前は　たそがれ堂
不思議な　魔法の　コンビニです

もくじ

ノクターン

五月のとある昼下がり。じきに母の日が来るような、そんな頃合いのことでした。世界的なピアニスト、首藤玲司《しゅとうれいじ》は、久しぶりで、その港町――風早の街を訪れました。

子どもの頃、小学生の頃以来ですから、もう四十年ぶりくらいにもなるでしょうか。海外から長く飛行機を乗り継ぎ、空港から、リムジンバスで街に入ってきたので、長身に、薄手の長いコートを羽織《はお》ったままでした。

空の上、飛行機の中は、地上よりもよほど冷えているのです。バスから降りて一歩街の中に降り立ったとき、吹き寄せ吹きすぎる初夏の風に、蒸し殺されそうな熱気を感じました。

(花の匂いと、潮の香りに噎《む》せそうだ)

顔にかかる長めの髪を風になびかせ、高い鼻にハンカチを当て、大きなキャリーを引いて、古い商店街へと足を運びます。

花の匂いがするのも道理、歩道の端にある花壇にはちょうどいまが時季の、薔薇《ばら》やゼラニウムが咲き誇っていました。

その情景は、記憶の底の方にある、子どもの頃に見たものに似ているように思え、けれど彼は、懐かしさを覚えるより先に、いまの自分がこの場所からずいぶん遠くで暮らしているのだな、と、どこか場違いなところに降り立ったように思えて、一瞬だけ、マンハッタンの住処の、高層階の、いつもカーテンを下ろしている、薄暗くて静かな部屋に帰りたいような、そんな気持ちになったりしたのでした。

（早いところ、義理を果たして、帰りたい——）

ふと見ると、商店街の、CDショップのガラスのドアに、彼の写真が貼ってありました。正確にいうと、数日後に開催される予定の、彼のピアノコンサートの、その告知のポスターが貼ってあるのです。ピアノとともに立つ、無表情な彼の写真があしらわれた、美しいポスターが。笑うのは苦手なので、目を伏せて、眉間《みけん》に軽く皺《しわ》を寄せて、どこか苦悩するような、でなければどこか身のうちに痛みでも抱えているような、そんな表情の写真です。昔から、あまり笑わないピアニストだといわれてきたので、そんな表情でもかまわないようでした。——まあどのみち、笑えといわれてもそんなに器用に笑えやしないのが、彼というピアニストなのですが。

子どもの頃に世話になった恩師、初めて師事したピアノの先生のたっての願いで、どうにも断れず、引き受けたコンサートでした。何でも、この街の歴史ある野外音楽堂の改修が終わり、その記念の、市の主催のコンサートなのだとか。彼自身、この街とは縁があり、思い出もあるので、無下に断ることが難しかったのです。

演目は、彼の得意とするショパンの夜想曲《ノクターン》を三曲ほど。アンコールには同じく弾き慣れているサティ。初夏の夜のひととき、ちょうどその夜は満月が上がるはずだそうで、軽やかな夢幻の時間が街の空に降るような、そんな美しいコンサートになるだろう、という企画でした。

(野外音楽堂というと、海沿いの高台にあったような)

昔と同じ場所ならば、港のそばにある古い公園の、その中にあったはずでした。あの公園には大きな薔薇園に包まれた石造りのステージがあり、子どもの頃に、何度か客席からその場所を見上げた記憶があります。アイドル歌手が歌ったり、ヒーローが寸劇をして変身したり。昭和の時代の、子どもが多く、子ども向けの娯楽もたくさんあった時代のこと。子どものためのクラシック入門のような音楽会も、時折、そのステージで開催されていて、夏休みやクリスマスの頃には、家族と一緒に聴きにいった記憶があります。

夫を亡くしたお母さんがひとりで喫茶店を続けて、育てていた子どもたちが四人。

年の離れた兄を持ち、下には幼《おさな》い弟と妹。彼はつまりその家の二人目の男の子だったのですが、彼にだけ、音楽の才能がありました。よく、そのことを不思議がられ、誰に似たのだろうといわれていたものです。

彼は幼い頃からピアノが好きで、特に習わなくても、店に置いてあった古く小さなピアノで、いろんな曲を奏でることができました。音楽が好きで、ピアノの音が好きでした。時折開かれる、無料の野外音楽堂でのコンサートは、あまり裕福でない家で育った、その頃の彼にとって、ほぼ唯一の、生でコンサートを楽しめる、素敵な時間でした。

彼の家族は、音楽が好きでも、彼ほどには情熱を持って好きだったわけではなく、けれど彼の音楽に聴き入る表情や、楽しげな笑顔を見るために、いつもコンサートに付き合ってくれていたのです。

公園の薔薇園の薔薇は四季咲きの性質を持つ花が多かったように思います。記憶の中のそのステージはいつも、薔薇の花に包まれていたような。

彼がいまも薔薇の花が好きで、ニューヨークの高層階の部屋のバルコニーで薔薇の花を育てるのが趣味なのは、かすかに残るあの頃の思い出故のことなのかも知れません。

もし改修後も、遠い日の記憶の通り、あのままの雰囲気と場所のステージならば、夜にピアノを奏でれば、演奏中、甘い薔薇の香りに包まれるだろうと思いました。潮の香りの海風も、さざなみが満ちる海から吹くでしょう。

(香りで気が散らなければ良いが)

空から降る月の光も、集中を妨げるかも知れません。気をつけなくては、と思いました。

バスターミナルのある、大きな駅から延びる道や路地沿いにいくつか続く商店街のうち、昔風にアーケードのある、やや寂れ、歴史を感じさせる石畳の商店街――その一角に、今夜の彼の宿、古いホテルがあるはずでした。老舗《しにせ》のそのホテルは、主催者である市の文化課のひとがとってくれたのですが、ホテルの名前と送られてきた写真を見たとき、彼の胸は懐かしさに痛みました。

遠い日に、彼のお母さんが好きで、憧れていたホテルでした。「一度でいい、泊まってみたいねえ」笑みを浮かべ、ため息交じりに見上げていた、戦後すぐにこの街に建ったホテル。空襲で焼けた過去を持つ風早の地では、長い歴史を持つホテルといえる、小さいながらも凜《りん》として美しい、格の高いホテルでした。

四人の子どもたちを育てながら、商店街の片隅でひとり喫茶店を続けているお母さんには、一泊だって泊まるのはためらってしまうだろう、そこはそんな宿でした。せいぜいが年に一度か二度、家族の誰かに特別に良いことがあったときにだけ、中に入っている瀟洒《しょうしゃ》なレストランにケーキを食べに行くのが最高の贅沢のような、そんなホテルでした。

彼のお母さんは、甘いもの、特にケーキやパフェが大好きでした。なんといっても、少女時代に好きが高じて、自分も作り、お気に入りの喫茶店に通い詰め、それが縁で店の主だった亡きお父さんと出会い、ついには結婚したくらいです。夫亡き後も、生き生きとケーキを焼き、ブランマンジェやゼリーを作るのでした。そんなお母さんにとって、ホテルのレストランのケーキは、憧れだったのだと思います。

そのホテルのレストランの、高価なケーキの宝石のように美しかったこと。ひとくちひとくちが、夢のように甘く柔らかで、飲み込むのが惜しいほどだったこと。生クリームもカスタードもチョコレートソースも、色とりどりの果物も、卵の香りのするふわふわのスポンジも、すべてが夢の中のお菓子のような味で。彼ら家族は、美味しいね、ほんとうに美味しいね、と小声でささやきあい、視線を交わしあったりしながら、大切にそのレストランでの時間を味わったのでした。

家族ひとりにひとつだけ、頼めるのはケーキだけ。一緒にテーブルで楽しむのは、一杯の水。ジュースも紅茶もコーヒーも高くてとてもケーキと一緒には頼めなくて。けれど、水晶のように透き通ったガラスのコップに注がれた、ひんやりと冷えた水が、どれほど甘く美味しかったことか。紙製のコースターや、レースペーパーが、まるで光でできているように、真っ白に見えたことも忘れられません。

小さなホテルの中の、小さなレストランとはいえ、老舗の高級なお店の、高い天井ときらめくシャンデリア。鏡のように磨かれた木の床のメープルシロップのような色。静かに鳴っていたＢＧＭのピアノ曲。高価そうな服を身にまとい、熱帯魚のように行き交う、宿泊客たちと、凜とした所作のお店のひとと。

そんな高級な場所、いっそ、自分たちのような場違いの庶民のことなど雑に扱ってくれてもいいものを、あの美しいホテルのひとびとは、建物の美しさそのままのように、あたかもその場所の心優しい精霊のように、いつも彼ら家族を笑顔で迎えてくれ、子どもたちには身をかがめ、視線の高さを合わせ、帰るときには、ありがとうございました、と、深く頭を下げてくれました。

「またのご来店をお待ちしております」と。精一杯着飾った若いお母さんと、緊張している子ども四人を笑顔で見送ってくれたのです。

彼は歩きながら、ふと切ない笑みを浮かべました。いま音楽家になり、世界を旅する彼は、記憶に残るあの小さなホテルよりも立派なホテルにも、宿泊費が数倍も数十倍もしそうなホテルにも、泊まったことがあります。まるでホテルに住み着いたかのように連泊することだって。今夜から長く泊まる予定のホテルの宿泊費がいくらなのか確認もしていませんが、きっといまの彼には軽々と払える金額だろうと思います。つまりは思い出のホテルは、きっと世界的に見れば、そんなにたいしたホテルではない、といわれてしまうような宿で。彼はそれを知っているのです。

自分ひとりだけ、遠いところに来てしまったのだなあ、と彼はまた噛《か》みしめました。

(疲れているし、今夜は宿で過ごしても良いな)

かすかな頭痛の気配もありました。母親譲りの体質で、疲れたりストレスが溜《た》まると、重たい頭痛が始まるのでした。ひどくなる前に休もうと思いました。カーテンを引いて、熱いコーヒーや紅茶でも飲んで、静かにしていれば、じきに眠気が差し、頭痛は去って行くでしょう。

もとより、観光するつもりもありません。昔住んでいた街とはいえ、彼のことを懐かしみ、会いたいと思ってくれるひともいないでしょうから、コンサートまでの日々は、ひとり静かにホテルの部屋で過ごすつもりでした。食事はホテルの中にレストランがありますし、ルームサービスでも良いでしょう。近所にはコンビニも、隣には古い百貨店もあったはず。必要な物はそろうでしょうから、なるべく部屋にこもっていようと思いました。打ち合わせやリハーサルに出かけるくらいは、まあ、仕方ないとしても。

ほんとうは、市役所の担当者たちから、空港までお迎えに上がりましょう、夜はお食事をご一緒に、と声がかかっていたのですが、長旅の疲れもあり、断っていました。会って話せば、昔この街にいらしたそうですね、と、子どもの頃の思い出話などを聞き出されてしまいそうで。けれどそればかりは堪忍してくれ、と思ったりもして。

(きっといい演奏をするから、それで勘弁してほしいものだ)

彼は軽くため息をつき、石畳の道をごろごろと大きなキャリーを引きながら、歩いて行ったのでした。

(わたしの子どもの頃の話なんて、もう忘れてしまいたいし、誰も覚えてやしないだろうよ。きっと懐かしむ者もいないさ)

遠い昔にこの街とこの国を離れたきりの、ピアノが上手だった子どものことなど、誰も覚えていやしないでしょう。名前すら知らない、記憶にないひとがほとんどのはず。

けれど、いまの彼は、どうやらまあまあの著名人でした。街のあちこちに貼ってある、あのポスターのせいでしょうか。自意識過剰なのかも知れませんが、道行くひとびとの視線が、たまに自分に向けられるような気がして、彼はハンカチを鼻に当てたまま、急ぎ足でホテルを目指しました。

（探さなくても、どこにあるかはわかるんだ——）

市役所のひとは、ホテルまでの地図やらあれこれの情報をまとめて、ファイルにしてメールで送ってくれていましたけれど。

子どもの頃に街を歩いた記憶は、そうそう薄れるものではないようでした。長いことこの街を離れていても。——といいつつ、年月を経て、あの頃よりもずいぶん背が伸びた、五十代のいいおとなになっているので、おとなの長い足の一歩と、あの頃駆けた数歩が同じだったり、見上げるほど高く大きなビルだと思っていた建物が、いまの彼にはこぢんまりした、古いビルに見えたりもして、それで自分がどこにいるかわからなくなって、道に迷いそうになったりはしました。

（こんなに小さい街だったかなあ）

駅前商店街も、とても大きく、長く見えたのに、あっという間に端から端まで歩いて行けそうです。

商店街のアーケードのあちこちから延びる古い石畳の路地の、その入り口も、昔はもっと底知れない感じの、大きな道に見えたのに、いま見るとどれも小さな、ささやかな路地なのでした。

(昔はもっと、謎めいた神秘の世界への入り口みたいに見えたのになあ)

五月の日差しの中で見るからでしょうか。細々《ほそぼそ》とした路地の入り口たちは、日の光に照らされて、古くなった看板や、近くのお店のひとたちが並べたのだろう植木鉢やプランターの花に彩られ、どこかほのぼのと寂れた世界への入り口になっているようなのでした。

(子どもの頃、学校の友達と、街のいろんな路地を歩いてみたことがあったな)

小さな弟や妹を連れて、その路地を探して、歩いたこともありました。何しろその商店街の中にある、古い喫茶店の子どもでしたから。

たとえば、たそがれ堂へと続く道――。

願い事を叶えてくれるという、不思議なコンビニへ続く道を探して。

ここ風早の街の、駅前商店街のはずれの路地のその先には、世にも不思議なコンビニがある――そんな伝え語りを、この街の子どもたちは聞いて育つのです。なので、大概のこの街の子どもや、元子どもたちは、駅前商店街の古い路地を宝探しでもするような気持ちで、胸をときめかせてさまよい歩く、そんな時期があったりするのでした。

何しろ、サンタクロースが、十二月だけではなく、一年中近所に住んでいるような、そんな奇跡や神秘がその辺の路地に潜《ひそ》んでいるんだよ、と、そんな不思議をささやかれて、この街の子どもたちは育つのです。

(そこは心の底から欲しいものが、必ずあるお店で——けれど魔法のお店だから、縁と必要があるひとしか行き着けない。その代わり、辿り着けたなら、欲しいものときっと出会える、ってそんなお話だったかな)

そのお店には、この世に売っているありとあらゆるものがあって、この世に売っていないはずのものまである——そんな、お伽話《とぎばなし》のような店だと、お母さんや年の離れたお兄さん、近所のおとなたちに聞かされて育ちました。その店の話をするとき、おとなたちはみな、楽しげな子どものような、きらきらとした瞳になって、声を潜めて話すのでした。

とっておきの素敵な、秘密の話を教えてあげよう、そんな表情で。

そしてお話の終わりには、決まって、少しだけ寂しそうな顔と声をして、

「残念ながら、わたしはまだたそがれ堂に行き着けていないんだよ」

というのです。そして笑って付け加えます。

「だけど、もしいつか、ほんとうに欲しいものや、探しているものがあれば、出会えるんだと思うんだ」

不思議なお店に行き着けば、きっと心の中にある、ささやかな願い事が叶い、少しだけ幸せなことが起こるというよ、と、おとなたちはささやきました。

（子どもの頃は、見つからなかったなあ）

冒険気分で探していたから、行き着けなかったのだろうか。本気で探していれば見つかったかも。いやいや、子どもの頃は、日々が幸せで、ほんとうに欲しいものがなかったから、行き着けなかったのでは——と、束の間、真面目に考え始めて、彼は小さく首を振って、苦笑しました。

そんなお伽話みたいなお店、地上に存在するはずもないのです。世界の果てまで探してみたとて、願い事の叶う不思議なコンビニなんていうものと出会えることはないでしょう。

（存在するはずがないさ）

ほんとうには、サンタクロースなどという優しい奇跡が、世界に存在しないように。

さて、老舗のホテルの、街中にあっても静かな客室に通された彼は、そこでやっと長いコートを脱ぎ、デスクの前の椅子の背にかけました。部屋のミニバーの辺りに置いてある飲み物を確認して、さてコーヒーでも淹れるかと、備え付けの電気ポットの電源を入れ、湯が沸くまで少しだけ休もうかとベッドに腰をおろしたところで——急な眠気が来て、彼はそのままの姿勢で、うつらうつらとし始めました。

（ああ、旅の疲れやら時差やらのせいだな。飛行機の中で、眠ったのになあ）

空の旅も、いつもいつものことになると、機窓の景色にも飽きて、目を向けることもなくなります。離陸した後はノイズキャンセリング機能付きの、無骨な形の愛用のヘッドフォンを耳に、眠るようにしていました。夢は見ないたちなので、そうするといつもは、静かで灰色の眠りが待っているのですが——いま、うたた寝しながら見る夢は、妙にリアルな、現実の続きのような夢でした。

夢の中で彼は、ベッドから立ち上がろうとして、足が床に届かないのに驚いていました。

（妙に高いベッドだなあ）

よいしょ、と弾みをつけて床に降ります。立ち上がると、天井がとても高くにあるように感じました。部屋も——元々広い部屋ではありましたけれど、さっきチェックインしたとき、ベルボーイとともに入ってきたときに感じたよりも、倍くらいに広く感じます。ドアがずいぶん遠くに見えました。

　彼は目をこすりました。

「――眠くて目が変になっているのかなあ」

　なにげなく呟《つぶや》いて、その声が高いのに気がつきました。まるで声変わり前の、ボーイソプラノのような声じゃないですか。

　違和感に気付いて、ふと振り返りました。クローゼットの扉についている姿見に映る自分の姿が、子どもになっていたのです。半ズボンを穿いた、十か十一か、それくらいの年齢の男の子に。

　驚いて、手で顔にふれました。いつもの自分の手より、ずいぶん白くて小さなてのひらと指が頬にふれ、鏡に映る、これは自分なのだと彼に教えました。

　さすがにしばし戸惑い、鏡の中の自分と見つめ合っていましたが、やがて軽く肩をすくめて納得したのは、

「そっか、夢を見てるんだ」

　と、思ったからでした。

　何しろ、鏡に映るその姿は、知らない子どもではなく、その年齢の頃の彼そのもの

だったからです。着ている服にだって見覚えがあります。商店街の仕立屋のおばあちゃんが、お客様の服を仕立てた後の余り布で作って贈ってくれた、余所行きのズボンと半袖の白いシャツ、それに蝶《ちょう》ネクタイでした。

よく似合う、お気に入りの服で、学芸会の時、舞台の上で合唱の伴奏の担当になった彼のための、思えば人生初の舞台衣装だったのでした。

「日本を離れてから、いつの間にか、なくしてしまっていたんだよな」

この街の懐かしい家を離れ、海外に連れて行かれて、新しい家で暮らすようになって。

気がつくと、シャツも半ズボンも蝶ネクタイも、部屋からなくなっていたのでした。新しい家のお母さんには、似合わないと不評だったので、だからかも知れません。お母さんにそれを尋ねても、「あなたはもう大きくなったから、あのお洋服はもうさよならでいいかなと思って」と、申し訳なさそうに長い睫毛をしばたたいて、いわれましたけれど。

「夢の中でも、もう一度着ることができて嬉しいや」

彼は、鏡の中の、子どもの頃の自分に微笑みかけました。ちょうど昔、この街で暮らしていた頃の、昭和の子どもの姿をした、過去の自分に。にっこりと笑うその幼い表情に、ふと胸が疼《うず》くほどの懐かしさを覚えました。

「そうか、わたしは昔は、こんな風な笑顔で笑っていたんだな」

そこにいるのは、今日幸せで、明日も幸せなことに微塵の疑いも持っていないような、明るく元気そうな、愛された子どもだったのです。

「いつの間に、笑わなくなっていたんだったかな」

指先で鏡の表にふれて、そのひんやりとした感触を氷のようだと思いながら、彼は唇をきゅっと噛み、部屋を出たのでした。


半袖シャツと半ズボン、何より子どもの小さなからだは、とても身軽で。軽やかに半ば駆け抜けるように、廊下を通り過ぎ、ホテルを出て、五月の空の下に駆け出しました。

おとなとしての自分は、自分に向けられるホテルのひとや他の宿泊客の視線にその都度、どきりとし、なんだか申し訳なく思ったりもしました。

けれど、駆けてゆくうちに、

(どうだっていいや)

と、思いました。(だってこれは夢なんだもの。ぼくの夢。だから、誰にも気を遣

ったりしないよ。ぼくは好きなように走るし、笑うし、行きたいところに行くんだ）

もうずうっと前に亡くなった、新しいお母さんのことを思いました。そのひとはとても美しくて、優しくて――彼のことを愛してくれましたが、あれはだめ、これをしてはいけない、静かにしていなさい、と、細く澄んだ声で、いつもお願いされていました。

頭痛体質だとかで、ストレスになることがあれば、すぐに眉間に皺を寄せ、昼間でもカーテンを引いて、横になったりもしました。丈高く華奢《きゃしゃ》で、長い髪のそのひとは、物語に登場する妖精の女王さまのようで。どこか生きている人間のようには見えなくて。絵のようにも見えて。いつか眠ったまま死んでしまいそうで、彼は息を詰めるように、そのひととふたりで暮らしていたのでした。

そのひとは、彼と顔立ちがよく似ていて、そして一流のピアニストで、彼とよく似た白く長い指で、ピアノを弾くのでした。そのひとの奏でるピアノの音が、彼は好きでした。とても澄んだ高い空や、そこを行く鳥の影が見えるような音でした。背中から抱きしめてくれるときの、体温の温かさも、香水の良い香りも好きでした。

夕暮れ時の風早の街に、子どもの姿で飛び出すと、さっきこの街を歩いていたときに感じた、街が狭くなったような違和感は綺麗になくなっていました。黄昏《たそが》れてきた空の下、灯りを灯す街は地上にどこまでも続き、果てしなく広く見えて、建物は高く、巨人の群のよう。混み合う街を行き交う、会社帰りや学校帰りのひとびとは、自分よりおとなびて見え、にぎやかで、楽しげで。

（ああ、冒険に行くみたいだな）

まだ街や、世界が広く見えていた頃の、その中に一歩踏み出そうとするような。少しだけ怖い気持ちがありながら、初夏の風を胸で切って、えい、と駆け出したいような。

ずっと忘れていた、懐かしい感覚でした。

（あ、そうか、コンビニたそがれ堂を探してみようかな）

いまなら、見つかるような気がしました。

（何しろ、夢の中だものなあ）

人波の中を、魚やイルカになったような気持ちで駆けてゆきました。すいすいと走ると、おや、危ないなあ、という目を向けるおとなたちもいましたが、彼はぺろりと舌を出しました。子どもの頃の彼は、ピアノだけじゃない、走るのだって得意で、体育も得意科目。ひとにぶつかるなんてかっこ悪いことはしないのです。

途中で、ぴたりと足を止めたのは、昔大好きだった喫茶店と、暮らした懐かしい家のそばにさしかかったとき。商店街のメインストリートから、一歩路地に折れたところに、煉瓦《れんが》造りのその古い純喫茶はありました。祖父母の代から受け継いだそのお店は、二階と三階が住居になっていて、そこに彼と家族は住んでいたのでした。

その店は、いまも昔のままの姿のはずでした。少なくとも、インターネットで確認した店の写真は、記憶の中のままの姿でした。

絵に描いたような、昭和の純喫茶。亡き父方の祖父母から受け継いだという、絵本の中から出てきたような、愛らしく優しい、小さなお城のようなデザインの店。店の前には昔風の、ガラスのショーケース。中に飾られた、いろんなメニューの見本はどれも綺麗で、美味しそうで。

店に一歩入れば、昔風の丸テーブルに、つやつやの木のカウンター。カウンターの上には、古いコーヒーサイフォンが湯を沸かし、良い香りのコーヒーを淹れていて、そのそばにある小さな冷蔵庫には、手作りのシフォンケーキが入っています。カウンターの中には笑顔の母と、若き跡継ぎの兄がいて、ふたりはよく似た器用な指先で、果物を刻み、生クリームを絞り出して、バナナボートやプリンアラモード、クリームソーダに、素敵なパフェを作るのです。昼時には、簡単な軽食も出していたので、ナポリタンに、カレーピラフ、マカロニグラタンにサラダも、魔法のように次々にカウンターに並び、お客様の座るテーブルに届けられました。

「おまえたちはまだ小さいから」

お兄さんにそういわれ、店の手伝いはさせてもらえなかったのですが、たったひとつ、新しいメニューの試食だけは、彼と幼い弟と妹の大切な仕事でした。

店休日の昼下がり、レースのカーテン越しの光が降りそそぐ窓のそばで、美しく盛り付けられたパフェや、プリンアラモードの美味しかったこと。クリームはひんやりとなめらかで甘く、新鮮なバナナや苺は、綺麗に包丁を入れられて、宝石のように輝いて。その味は、あのホテルのレストランの高級なケーキにも負けていないように思えて、彼がそういうと、お母さんもお兄さんも、ほんとうに嬉しそうに笑ってくれたのでした。実際、お客様たちも、店のメニューの数々を美味しい美味しいと大絶賛。時間によっては店の前で待つお客様が出るほどに、評判の美味しいお店だったのです。

（みんな、笑っていたよね）

お客様たちも、お母さんやお兄さんも、小さな弟妹も。もちろん、彼だって。

窓から光が射す古い喫茶店で、みんな十分幸せに暮らしていたのだと思います。ちょっとだけお店が忙しく、ちょっとだけ、お金の蓄えがないのが不安で。でも、きっとなんとかなるさ、と、みんなが思っていて。

　まるで古い映画の中の情景のように、遠く感じる美しい記憶を、彼は指先でなぞるように思い出し、深くため息をつきました。耳の底に、自分や家族たちの、幸せそうな笑い声が残っているようでした。

　少しだけ、お店を訪ねてみようかと思いました。おとなになった彼には顔を出しづらい場所ですが、そもそも、いまなら夢の中のことですし、のぞいてみても良いのかも——。

　この家の子どもでなくなって、この街を離れて以来、家族とは連絡を取り合っていませんでした。彼はずっと海外に住んでいましたし、そもそも彼は彼の家族を捨てて、新しいお母さんの元へ自ら望んで引き取られていったのです。どうして連絡なんて取れるだろうと思いました。

　けれど、その喫茶店が、いまも続いているのは知っていました。おとなになって、インターネットが普及し始めた頃、彼が真っ先にしたのは、喫茶店のその後の情報を探すこと。ＳＮＳが流行り始めてからは、密かに店のアカウントを探しました。

　年の離れた兄が、店の公式アカウントを作り、その性格の通りにきっちり運営していました。ただそこは職人肌で言葉少なかった兄のこと。フォロワーとやりとりするのは苦手なのか、短い言葉しか返さず、毎日ただ淡々と、その日店であったことや、新しいメニューの話、店休日のお知らせなどを投稿し続けているのでした。プライベートにはほとんどふれず、兄が店を継ぎ、奥さんとふたりで日々働いていて、子どもが三人いるらしい、なんてことしかうかがえません。

そして、店内の様子や美味しそうなメニューの数々の写真はあれど、人物の写真はまずアップされることはありませんでした。照れ屋で無骨な兄のこと、ためらいがあったのでしょう。年月を経て、兄もきっと年を重ね、立派な店主になっているだろうと思うのですけれど、SNSの投稿からうかがえるのは、ただ店の様子だけ。

そんな兄が最近、「先代の店主、母が入院しました。重い病なので、再び店で皆様にお目にかかれるかどうかはわかりません」と、短く投稿していたのが、気がかりでした。いつもとはまるで違う、思わず言葉があふれだしたような投稿だったのです。

もはや兄も、そして老いた母も、自分のことを家族だとは思っていないでしょうが、彼の心の中にはいつも、店と昔の家族がいたので、兄の投稿に綴《つづ》られた言葉は、その一文字一文字が、胸の深いところを穿《うが》つようでした。

(入院って、どこの病院なのかな)

会いに行きたいと思いました。——会えなくても、話せなくても、そっとそのひとの近くに行くことができたら。物陰から、ひとめ、姿を見ることができたら。

年をとっただろうな、と思いました。あれから四十年ほども経て、自分はすっかりおとなになりました。母はきっとその分、老いたでしょう。

あの頃、若くて元気でよく笑って、ろくに寝ないで働いて、四人の子どもを溌剌《はつらつ》と育てていた母の、その老いた姿が想像できなくて、でも胸がぎゅっと痛むほど会いたいと思いました。とてもその前には姿を現せないけれど、少しでも良い、そばに行けたら、と。

(夢の中でも、心は痛むんだな)

彼は笑い、そして、店がある方へと背を向けました。自分なんかが帰っていいところではないと思ったのです。たとえ夢の中でも。

(それにしても、なかなか夢から覚めないものだなあ)

ずいぶん長く夢を見続けているような気がします。

でも——彼は首をかしげました。

考えてみれば、夢ってそういうものだったかも知れません。時の流れが変なのです。長かったり、短かったり。夢なんて久しぶりに見たから、忘れてしまっていたけれど。

(まあいいや。とにかくたそがれ堂に行こう。絶対今日は行けそうな予感がするん

だ)
心の底から欲しいものなんてないけれど。だっていまの彼はお金持ち。欲しいと思えば大概のものは買えるだろうと思います。だけど、なぜでしょう。いまならば、そのお店に行き着けそうな気がしました。

そう思った途端、何気なく覗き込み、足を踏み入れた石畳の道の奥に、そのずっとずっと先の遠くの空に、鳥居の影が見えたような気がしました。

「——鳥居がある」

コンビニたそがれ堂に通じる路地を進むと、やがて、大小様々な鳥居の群が見えてくると——そんな話を、子どもの頃、誰かから聞かなかったでしょうか。

いまのこの街にあるはずのない、昔、空襲で焼けてしまったはずの、風早神社のたくさんの鳥居が、たそがれ堂に通じる道には、なぜかいまもあるのだと。

その道に鳥居があるのも道理、コンビニたそがれ堂は、この街を守る神、風早神社の白狐の神様、風早三郎《かざはやさぶろう》が遊び半分で経営している店だから——そんな話もあります。

ひとの暮らしが好きで、街の賑わいを愛し、長く見守ってきた神様は、ひとの生業の真似をしてみたくて、いろんな話もしてみたくて、見よう見まねで神通力でコンビニを作り上げ、そこの店長になったのだとか。

お茶目な神様が、いわばコンビニごっこをしているような、幻のお店だから、そのお店は魔法のお店。この世のものでないものも並んでいるのだとか。

「この路地か――」

子どもの頃には見いだせなかったはずの路地が、こんなところにありました。

おかしいなあ、と思いました。――こんなに家の近くにあったのなら、この路地を見つけられないはずがなかったのに。

(ああ、夢か――)

そう思いました。

(だからこれは、夢なんだ)


石畳の路地は、少し湿気ていました。どこかで澄んだ水が流れるような音がしていました。昭和の時代にしか見たことがないような、色褪せた木の塀が路地の左右にあり、道のあちこちには木の電信柱と、空をよぎる五線譜のような、無数の電線。古い形の電灯。

そして、見上げると、黄昏色の空に、いくつもの鳥居の影が見えました。

すぐそばに見える、赤く大きな鳥居。少し遠くには金属製のように見える、これも大きな鳥居。塀のそばには、古びて見える、木製の大小様々な大きさの鳥居の群。

「うわあ、聞いたことがある景色だなあ」

さすが夢の中、お伽話の中に入るのもたやすいのだな、と思いました。

夕暮れ時の、氷交じりのように冷えた風が吹きすぎて行きました。その風には、どこか懐かしいお香の香りがしました。

(父さんの仏壇の匂いだ)

朝晩、お母さんが、仏壇のお父さんやご先祖様たちに、と、ご飯やお水をあげるとき、線香に火をつけていたのを思い出します。白い煙がたなびく、その情景と香りも。

飾られたそのひと——お父さんの写真は笑顔でした。弟や妹がまだ赤ちゃんの時になくなってしまったので、ずいぶん若い笑顔でした。生まれつき、心臓が悪く、そのせいで呆気なく世を去ったとか。

だから四人の子どもたちも、心臓には気をつけていなさいと、いつもお母さんに心配されていました。特に、お父さんにそっくりだったお兄さんは、体質が似ているので、ときどき病院で検査を受けたりしていました。

「おまえはたぶん大丈夫だろう」

いつも彼はそういわれていて、自分でもほっとしているところがありました。四人の子どもの中で、彼だけが顔立ちも耳の形も、髪や目の色も、血液型だって違っていました。

だから妹や弟はよく、彼のことを、

「ほんとうはうちの子じゃなくて、どこか遠くの国の王子さまなんじゃないの？」

なんて半分本気のようないいかたでいっていたものです。

「いつかきっと、迎えに来るんだよ。王子さま、ほんとうのおうちへお帰りにならなくては、ってさ」

そんな話を聞くと、お兄さんも、そしてお母さんも、笑ったものです。

「まるでかぐや姫みたいだね」、と。

お兄さんは、弟と妹にいいました。

「それはないよ。俺はもう大きかったから、健介《けんすけ》が生まれたときのことを覚えてるもの。竹から生まれたとかじゃなく、ちゃんと病院で生まれたぞ。すごい台風が接近して来てた日でさ。お父さん、その日は仕事の用事でいなかったから、俺が代わりに、急に産気づいた母さんを病院に連れて行ったんだもの」

「そうよ」とお母さんも笑いました。「あのときはお兄ちゃんのおかげで助かったわ。

おかげでお母さん、ちゃんと病院で産むことができたんだもの。あのときはその次の日が大変だったのよ。台風が直撃しちゃってね。同じ日に赤ちゃんが生まれたお母さんたちと、せめて前の日に生まれて良かったですねって、病院で話したものよ。――ほら、海のそばの病院でお産をしたの。今もあるでしょう？　野外音楽堂がある公園のそばの、大きな古い病院。先生も看護師さんもいいひとばかりでとても素敵な病院だけど、古いものだから、少しだけ雨漏りがしてね。台風がいちばん吹き荒れた次の日の夜にはもう、部屋の床に看護師さんたちがバケツや盥《たらい》を置いても追いつかないくらいになって。そのうち、停電にもなって。

赤ちゃんを産んだばかりで入院していたお母さんたちと、生まれたばかりの赤ちゃんたちが、雨漏りがしない一階の部屋に――談話室に、移ることになったのよ。病院の中は真っ暗で、窓の外には時折稲光が見えていたわね。お母さんは、赤ちゃんの部屋にいた健ちゃんを看護師さんに渡されて、ぎゅーっと抱きしめて、古い木の階段を降りていったの。他のお母さんたちも、それぞれの赤ちゃんを抱っこして、みんなでたまに悲鳴を上げたりしながら、一緒に談話室を目指したのよね。踊り場の窓から外が見えて、停電で辺りは真っ暗。そこに雨が降って、風が吹き荒れて、たまに稲光で空がピカピカって光ってね。怖かったけれど、どこか、映画の中に入ったような、不思議な気分にもなったなあ。腕の中に抱きしめた、あのときの健ちゃんの温かさと、小さいのに重かったこと、忘れないわ。絶対に、この子から離れない、離さないって思ったの。談話室でね、赤ちゃんを抱っこしたお母さんたちがみんな一緒で、一晩きりだったんだけど、友達みたいにお話ししたの、楽しかったな。外国から帰国していた、ピアニストのひともいたのよ。綺麗なひとだったなあ」

その話を何度も聞いたので、彼はまだ赤ちゃんだった自分にも、その台風の夜の記憶が残っているような気がしました。嵐の夜に、まだ若かったお母さんに抱きしめられて、古い病院の階段を降りてゆく記憶が。

「絶対に離すもんか、って思ったのよ」

お母さんはふざけたように、彼のからだを抱きしめて、膝の上に乗せました。

「やだよ、ぼくもう大きいのに」

恥ずかしくてそういいながら、お母さんのからだのぬくもりと、その懐かしい匂いが嬉しくて、このままずっと抱きしめていてほしいと思ったのは、何歳くらいの頃の思い出だったのでしょう。春だったように思います。同じ年の五月に、バイクで走行中だったお母さんが交通事故に遭い、それからそう経たないうちに、彼には迎えが来て、あの家族の元を離れることになったので、十歳か十一歳かそれくらいの頃だったろうと思います。

何十年も経ってなお、あのときのお母さんのぬくもりを覚えているように思うのは、きっと錯覚だろうと思いました。


そう、その頃になってやっとわかったことがあったのです。あの台風の夜の混乱の中で、生まれたばかりだった赤ちゃんふたりの間で取り違えが起こっていたのでした。

健介と呼ばれ育てられていた彼のほんとうのお母さんは、故郷の日本に夫とともに滞在中だった著名な若きピアニスト。彼を育ててくれた、喫茶店のほんとうの夫婦の赤ちゃんは、ピアニストの夫婦の子どもとして、玲司と呼ばれて育ちました。

若きピアニストは、我が子を慈しんで育てました。彼女は両親を早くに亡くしていて、そう経たず、夫と離婚したこともあり、たったひとりの子どもである我が子が唯一の家族でした。けれどその子は、彼女にはあまり似ていなくて、楽器にも音楽にも興味を示しません。静かに家の中で過ごすより、太陽の当たる庭やプールで遊ぶ方が好きでした。元気に学校に通い、友達もたくさんできました。

内気で神経質な自分とはまるで違うし、そもそも顔立ちも耳の形も違いました。血液型も、記憶違いなのか、自分と元夫の間に生まれるはずがないもののような――。

それでも、彼女は太陽のように明るく笑い、自分のことを大好き、と抱きしめてくれる目の前の玲司のことが愛しかったのです。

けれどそんなある日、玲司は急な心臓の病で倒れ、そのまま亡くなりました。あまりに突然なことだったので、どうにも納得できず、そしてあまりにも悲しかったので、彼女は子どもの死因について、深く調べました。それでわかったのです。死んだ子どもと自分に血のつながりはないようだ、ということが。

ああ、あの台風の夜に、赤ちゃんの取り違えがあったのだと、彼女はすぐに思い当たりました。――ではほんとうの自分の子どもは、いまどこにいるのでしょう？

子どもを産んだ日本の産婦人科に問い合わせ、そして、ある年の五月に、彼女は我が子に会うために故国を訪れたのでした。

最初は、その子を連れ帰る気はなかったのです。ただ会ってみたかった。そして亡くなってしまった子どものことを、ほんとうの両親に伝えたかった。逆の立場なら、知りたいだろう、生前の写真も見たいだろう、そう思うと考えたからです。子どもの魂をほんとうの家族の元へ返してあげたいような気持ちもあったかも知れません。心臓の病に気付かず、助けられなかったことを、子どものほんとうの両親に詫びたい気持ちもありました。

けれど、その家へ――古く小さな喫茶店の二階にある住居に通されて、その家で育っていた我が子に会ったとき、迷いが生まれました。彼女に会うために、事故で入院中だったという病院を一時退院してきてくれたその家の母親の隣で、彼女にきちんと挨拶をしたその子は、そのときにはもう事情を聞かされていたのか、緊張して、青ざめた顔をしていました。けれどその顔立ちと表情は間違いなく彼女に似ていて、ひとめ見ただけで、血のつながりのある我が子だとわかりました。そして、その子の周りにいたその子のきょうだいとして育ったのだろう子どもたちは、兄と弟妹は、見るからに亡くしたあの子と似ていました。ああ玲司と呼んで育てたあの子は、ほんとうは健介と呼ばれていたはずの子どもで、この子どもたちのきょうだいであり、ほんとうはこの家で楽しく笑いながら育つべき子どもだったのだな、と、彼女は思いました。

育ての母は、親しみ深い表情のひとで、やはり亡くなった子どもに似ていました。事故のせいで、片方の腕にひどい怪我をしていて、身を起こすのがやっとのよう。顔色が悪く、やつれて、疲れ果てているようでした。あの嵐の夜に、雨漏りしていた病院の談話室で、互いの腕に子どもを抱いて、会話したことがあるようなないような――笑顔と朗らかな声の記憶が残っているような気がしました。

今日までの日々の互いの毎日の、いろんな話をするうちに、打ち解けてくれて、子どもたちに助けられながら喫茶店を経営しているけれど、この傷ではしばらく店を休まなくてはいけないだろう、といいました。なんとかしようと思うし、するけれど、蓄えもさほど多くなく、生活が大変で、借金もしなくてはならないかも知れない、と、ため息交じりにいいました。でも子どもたちと、亡き夫が残した喫茶店を守っていかなければ、と。そして、自分が育てた彼女の息子には音楽の才能があり、ピアノがとても上手なのだということも、教えてくれました。微笑んで、

「誰に似た才能だろう、と、よく話していたんですよ。ほんとうのお母さんにだったんですね」と。

うつむいて話を聞きながら、その場にいた丈高い長男が、思いついたように立ち上がりました。大きなラジカセを持ってきて、カセットを入れ、彼女の子どもが弾くピアノの音を再生してくれました。あんまり上手だったから、いろんなひとに聞かせて自慢したくて録音していたのだと言葉少なにいいました。

「商店街のレコード屋さんが、昔、東京の音楽大学を出たひとで、店でピアノ教室をやっていて、弟は——玲司くんは、そのひとにピアノを習ってました。天才少年だっていわれてました。この子には音楽を勉強させてほしいっていわれて……」

下の喫茶店に置いてあるという、古いピアノで弾いた、ショパンの夜想曲第2番。

甘く優しくどこか懐かしいメロディを、その子どもは情感豊かに、弾ききっていました。時折、家族のものらしい笑い声や、会話も交じる録音で、それは楽しげなひとときを切り取って保存したような、そんな録音だったのです。

そうして、その録音されたピアノの音は、きらきらと間違いようのない才能の光を放っていたのです。

彼女は——ピアニストの彼女は、気がつくと、目の前にいる母親に持ちかけていました。

「この子をわたしに返してくれませんか」と。

きっと幸せにする、そう約束していい、だからこの子を返してください、と。

「わたしは裕福です。余裕のある暮らしをしています。わたしならこの子に、ピアノを好きなだけ弾かせて育てられます。高度な音楽の勉強もさせられます。技術的なことはわたしが手ほどきしますし、この子なら、きちんと音楽を学ばせれば、一流もその上も目指せるでしょう。失礼ながら、こちらのお宅では、この子に音楽教育を続けさせることは難しいのでは。お金が、それなりにかかることなので」

そのときの彼女は気持ちがおかしくなっていたのだと、あとになって彼女自身が思いました。愛していた息子を亡くしたばかりで、空っぽになった腕の中に抱く子どもが欲しかった。今度はきっと死なせずに、守り抜いて、幸せに育ててやりたい。

今度こそ、と。

もう一度、心を込めて愛せる子どもが欲しくなったのです。そもそも目の前にいる男の子は、ほんとうの我が子なのですから。当然の権利で願い事だと、そのときの彼女は思いました。

言葉をなくしたように黙り込んだ母親に、彼女はいいました。

「あなたには、まだ三人子どもがいるじゃないですか」

そして、いままでこの子を育ててくれたお礼に、多少のお金も置いていきましょう、生活に役立てていただければ、と、言葉を続けたのです。

小さな弟と妹は、言葉の意味がわからないという顔をして、不穏な空気に怯えながらひとびとの顔を見回し、いちばん上の年齢の少年は、いろんな感情の交じったまなざしで、彼女をただ見つめていました。

彼女の血を引く子どもは、うつむき、畳を見つめて、しばらく何事か考えていたようでしたが、やがていいました。

「わかりました。ぼくは、ほんとうのお母さんのところに行こうと思います。たぶん、その方が良いと思うから」

　ぼくはピアノを弾きたいです——彼女の子どもは、彼女を見上げて、そういいました。

　育ての親はその言葉を聞いた後、ただ悲しげに、目を見開きました。涙が浮かびました。そしてそのひとは、自分の隣にいる子どもを抱きしめました。傷ついた腕で、強く強く抱きしめて、やがてその腕を優しく離すと、彼女に頭を下げ、

「よろしくお願いいたします」

と、一言、静かな声でいったのです。

　そして、子どもは彼女の元に来ることになりました。

　彼女はその子どもを、死んだ子と同じ名前で、玲司と呼び、慈しんで育てました。子どももよく懐いてくれました。ピアノの腕も上達して、やがては彼女よりも著名なピアニストになるだろうと思われました。これでいいのだ、良かったのだと思おうとして、けれどほんとうにそうだったのかと、その生涯を終えるまでの間、迷い続けていたということは、おそらくは彼女以外は気付かなかったことなのかも知れません。

　心のうちに後悔があっても、逡巡《しゅんじゅん》があっても、彼女はそれを誰に語ることもありませんでした。今更悔いたとて、子どもをあの幸せな家から連れ去った、あの日に戻る

ことはできないのです。罪を背負って生き続けることしかできないのだと、思いました。

せめてこの子を何不自由なく育て、その才能を伸ばすことしか、自分にはできないのだと。

さて、お話は、古いホテルの一室で子どもの姿に戻った、あの少年——ピアニストになった彼、首藤玲司の物語へと戻ります。

気がつくと、空はとっぷりと暮れてゆき、道の行く手に、まるで小さな夕陽が地上に降りたような、赤い灯りが見えました。

胸がどきどきしました。

「夢の中でも、心臓はどきどきするんだなあ」

石畳を踏む自分の足音を聞きながら、彼は少しずつ、灯りに近づいていきました。

子どもの頃、おとなたちに聞いたとおりの、灯籠《とうろう》の形をした、その店の灯りの方に向かって。

彼を待っていたように、石畳の路地を照らしていたのは、灯籠の形をした看板。

和紙に綺麗な墨《すみ》と朱で書かれているのは、コンビニたそがれ堂、という文字と、稲穂をあしらったその店のマークらしきものでした。

「話に――聞いたとおりの……」

彼は呟き、そして、顔を上げました。

看板の向こう、路地の奥に、小さな四角いコンビニの建物がありました。

大きなガラスの窓とドアから、日差しのような清らかな灯りが、辺りを照らしています。

「ほんとうに、あったんだ。ぼくはここに、着くことができたんだ」

足下がふらつきました。

そんな馬鹿なことが、と思いながらも、でも、灯りに一歩一歩引かれるようにして、石畳の上を歩いて行かないわけにはいかなかったのです。

怖いとは思いませんでした。

（だってこれは、夢の中の情景だし――）

子どもの頃に聞いたとおりの、灯籠のような看板と、白く四角いコンビニと。

たったひとつ聞いた話と違っていたのは、コンビニから放たれる光の中に、そのガラスのドアの前に、白いピアノが置かれているところでした。小振りで愛らしいピアノが一台、

「さあ、弾いてご覧なさい」

というように、蓋《ふた》を開けて、そこに置いてあったのです。ピアノの前には、座り心地の良さそうな丸い椅子も——白い天鵞絨《ビロード》の布張りで、ビーズの刺繍《ししゅう》がきらめいていました——ちゃんとありました。


「ええと、このピアノって……」

コンビニと、店の前にあるそのピアノに近づきながら、彼は戸惑いました。

「どうしよう。こんなピアノがあるなんて話、聞いてないよ、ぼく——」

それでも、ピアノがそこにあれば、ついふれてしまいたくなるのは、音楽家なので仕方がないかも知れません。けれど同時に、ピアニストとしては、たとえそれが夢の中であろうとも、誰の楽器かわからないものに、勝手にふれてはいけない、とも思うのです。

「——ストリートピアノじゃないよね、まさか」

無造作にお店の前にある感じは、よく街角に置いてある、「街のピアノ」風でもあります。

「それなら、弾いてもいいんだろうけど……」

たそがれ堂に入る前、彼は、通りすがりについ指が当たってしまった、というように、指先で軽く鍵盤にふれてみました。冷たい滑らかな感触は、ひとに慣れた小さな獣が、そっと頭をこすりつけてくるように、優しく指を押し返し、静かで澄んだ音が、夜が近い路地に水面の波紋のように広がってゆきました。

そのコンビニの中に入るとき、どうしても気が逸《はや》って、数歩だけ、駆け込むようにして、ガラスの扉を押しました。子どもの頃、この店を探して歩き回っていた、あのときに戻ったようでした。

「――いらっしゃいませ、こんばんは」

店の奥にレジカウンターがあり、そちらの方から、綺麗な男のひとの声が響きました。

テノールだと思いました。うたうような声。

澄んだ水のような光を放つ、天井の灯りの下に、子どもの頃、何度も話に聞いたとおりの姿のひとが立っていました。長い銀の髪のお兄さんが、このコンビニの店長さんが、赤と白のしましまの制服を着て、おそろいの帽子をかぶって、カウンターの中にいたのです。

（「お兄さん」、だなあ。うん、そんな感じ）

機嫌良さそうににこにこと笑っているのは、ほんとうの彼よりもずっと若い青年です。なのに、そのコンビニの話を子どもの頃に聞いたからなのか、そのひとのことが、自分より年上の「お兄さん」に見えました。

胸をどきどきとさせながら、カウンターに近づき、そのひとを見上げました。

まさか、こんなことがあるはずがない、と、彼の中のおとなの部分が考えるのを感じていました。けれど、夢の中のことだからと思いなおすと、足が前に進みました。子どもの頃からの夢が叶うような気がして、いっそ駆けてゆきたいくらいの気持ちでもありました。

いよいよそのひとの前に立ち、長身の店長さんを見上げると、そのひとは優しい金色の目で、彼をそっと見つめ返しました。

蜂蜜のような琥珀のような色合いの、ゆらめく光を放つ、透明で不思議な瞳でした。

ああ神様の目だ、と思いました。長い長い時を経て、この街のひとびとを見守り続ける、優しい神様の瞳。

「このコンビニの、店長さんですよね」

「はい。そうですよ」

お兄さんは、明るい声で答えました。

「そうしてここは、コンビニたそがれ堂」

「はい、誓って間違いなく」

お兄さんは、楽しそうな笑顔で答え、そして、彼に訊ねてきました。「そういうわけで、お客様、あなたは何をお探しですか？」

「ぼくは――」彼は口ごもりました。

欲しいものも探しているものも特にない、と答えたいような気もしましたけれど、目の前で嬉しそうに自分を歓迎してくれている優しい神様の笑顔を見ていると、そう答えるのも悪いような気がして、彼はお兄さんから目をそらし、店内をゆるく見回しました。

（欲しいもの、何か見つかると良いなあ）

せっかくここに辿り着いたのですし、たとえ夢の中のことで、覚めたら消えてしまうのかも知れなくても、何か買って帰りたいような気もしました。

ふと、店の一角で、目が止まりました。

冷たい飲み物が入っている冷蔵庫、そのそばに、ガラスの中にいっぱいの花が詰まっている、お花屋さんのそれのような冷蔵庫があります。

色とりどりの花の様子が、とても綺麗に見えて、彼はそのそばに歩み寄りました。子どもの背丈には見上げるほどに大きく見える、その花入りの冷蔵庫には、目を引く真っ赤なカーネーションを中心に、白やピンクに紫に黄色のカーネーションが、いっぱいに入っていました。

「わあ、カーネーションの冷蔵庫だ……」

そういえば、母の日が近いんだった、と、思い出しました。

「おや、カーネーションをご所望ですか？」

カウンターの中から、お兄さんが訊ねます。「当店では、宅配も承っておりますので、いつでもお好きなお宅にお届けできますよ」

「――いえ、それは」

彼はゆっくりと首を横に振って、レジカウンターを振り返りました。「ぼくには、カーネーションを贈るひとはいないんです。もうずいぶん昔に亡くなってしまいました。からだが弱いひとでしたので」

ピアニストだったお母さんは、心も弱いひとで、特にその晩年は、自暴自棄になったように、酒を飲み薬を乱用した末に、ある寒い朝に部屋で亡くなっていました。仕事のための旅行で家を離れていた彼は、その死を看取ることができませんでした。

彼は彼女をピアニストとして敬愛していましたが、正直な話、母親としてのそのひとを好きだったのかどうか、よくわからないところがあります。ただ、そのひとが、昔に亡くした子どもの写真を首から提げたロケットに入れているのを見つけたとき、なんだかこのひとを赦せるような気持ちになったのでした。このひとが誰より愛していたのは、昔に亡くした子どもだったのだ、ほんとうの子どもがそばにいても、亡くした子どもを愛し続けていたのだということが、その弱さがひととして愛しく思えたのかも知れません。

そのひとに白いカーネーションを贈るにも、お墓ははるか海外です。今回の旅行から帰ったら、お墓参りに行こうかと思いました。

「カーネーションを贈りたい方は、ほんとうに、きみにはもういないんですか？」

ここからずっと向こう、店の奥のカウンターの中にいるそのひとの声は、とてもよく通りました。胸に刺さり、あたたかく突き通すように。

金色の澄んだ瞳のまなざしは、すぐそばにあるように、彼を強く見つめているのがわかりました。

彼はうつむきました。

ああそうです。彼にはもうひとり、カーネーションを贈りたいひとが、お母さんがいます。彼のほんとうのお母さんではなかったけれど、赤ちゃんの時から、彼を愛し抱きしめて育ててくれた、優しいひとが。

いまはひとり病院に入院しているというそのひとに、赤いカーネーションを贈れればどんなに良いでしょう。

カーネーションは、五月には値段が高くなります。子どもの頃は、贈れてもほんの一輪。きょうだいみんなでお小遣いを出し合っても、三輪とか四輪とか。そんな侘しい、花束といえないような花束でも、お母さんは笑顔で嬉しそうに受け取ってくれました。身をかがめ、子どもたちの顔をひとりひとり見つめて、頭や肩を抱き寄せてくれて。目に涙さえ滲ませて、ありがとう、といってくれました。

（おとなになったら、赤いカーネーションをたくさん贈ってあげるのが夢だったっけ）

いま目の前の冷蔵庫の中にある真っ赤なカーネーション。とても美しいこの花を、おとなになった彼ならば、抱えるほどの花束にして贈ることもできるでしょう。

「でも——ぼくは……」

お母さんとあの家を捨てるようにして、みんなと別れたのです。今更どうして、カーネーションなんて贈れるだろうと思いました。

（ほんとうは、捨ててなんていないんだ）

彼はうつむいて、唇を噛みました。

（自分がこの家からいなくなれば、少しは暮らしが楽になるかな、と思ったんだ）

ひどい怪我をして働けなくなったお母さんに、四人の子どもを育てるのは大変だと思いました。自分だけでもいなくなれば、と。

目の前の、彼にそっくりなほんとうのお母さんは、お金まで渡してくれるというのです。ありがたい話じゃないか、と思いました。

ピアノのことなんて、どうでも良かったのです。それは学び続けたかったけれど、ピアノの先生は商店街にいたし、そのあとはきっとなんとか、お金がかからない方法を探そう、と密かに決めていました。

（ほんとうは、家を離れたりなんかしたくなかったんだ）

いつまでもお母さんやみんなと一緒に、楽しく笑って過ごしたかった。でも――そもそもほんとうにここにいるはずだった子どもは別にいて、その子は死んでしまったのだと思うと――自分がここで幸せに暮らしていることは、その子の居場所に勝手にいるようで、図々しいような気持ちにもなったのです。

お母さんに大事にされていたことも、お兄さんに弟として可愛がられたことも。幼い弟や妹がなついてくれて、可愛かったことも。別れたとき幼すぎて記憶にない死んだお父さんがたいそう可愛がってくれていたらしいということも。

(ほんとうはみんな、ぼくのものじゃなかったんだ。あの優しい家族は、ぼくのものじゃなかった)

それなら、ここからいなくなる方が良いんだ、と思ったのです。きっとそれが正しい。ほんとうの家に帰るべきなんだ。

(その上、ほんとうのお母さんのそばで好きなだけピアノが弾けるなら、それでもういいじゃないか)

新しい暮らしがどんなものになるかわからないけれど、大好きな音楽がそこにあれば、頑張れるような気がしました。

(だけど、そんなことみんなにいったらだめだ。ほんとの気持ちは黙っていよう)

ほんとうは家族のためにここを離れるのだと話せば、どこにも行くなといわれるだろうと思いました。おまえは何も心配しなくていい、ずっとここにいなさい、と。お母さんやお兄さんの考えることくらい、わかります。家族として今日まで一緒に暮らしてきたのですから。

だから彼は、いいました。

「ぼくはピアノを弾きたいです」、と。

ほんとうの――彼の新しいお母さんに向かって。

そうすることが、いまの家族を傷つけることになるとわかっていても。嫌われてもいいんだ、と心に決めながら。二度とこの家に帰れなくなるかも知れなくても。

そうして彼は、新しいお母さんに連れられてアメリカに渡り、その家の子どもになったのでした。

そして彼は音楽を学び、才能を研ぎ澄まし、著名なピアニストになり、新しいお母さん――ほんとうの母親を見送って、いまはマンハッタンでひとりで暮らしています。結婚はせず、家族は持ちませんでしたが、友人に恵まれ、仕事は忙しすぎるほど。幸せな人生を送っていると、自分では思っていました。

育ての母や、きょうだいたちには連絡を取っていませんでした。転居の多い人生でしたので、何かあって向こうから連絡を取ろうとしても、難しかったろうと思います。

(まあ、わたしのことなど、家を捨てていった冷たい子どもだと思っているだろうし、そんな気持ち、思い出せば悲しいだろうから、覚えてくれていなくても良いのだけれど)

けれど、彼の方は、幸せな子ども時代を過ごした、海沿いの街での日々を、ずっと宝物のように抱えて生きていました。

あの日々に感謝の言葉を伝えられなかったことを、さみしく思っていました。だから、クリスマスには、サンタクロースを名乗って、匿名でカードやお菓子を贈りました。もともと、亡きお父さんにもお母さんにも友人が多く、その関係で、十二月には贈り物が多く届く家ではありました。きょうだいたちはお父さんを早くに亡くしたので、優しいおとなたちはサンタクロースの代わりになってくれたのです。それに紛れてくれれば、と思いました。クリスマスの贈り物は毎年のように続けていて、いつか彼の楽しみにもなっていました。

そばにいることができなくても、自分が贈ったと知られることがなくても、感謝の贈り物を贈るというのは幸せなものだと彼はクリスマスが来るごとに思い、名前を使わせてくれる、サンタクロースに感謝していました。


「――お見舞いのお花も兼ねて、赤いカーネーション、贈ってしまおうかなあ」

彼は呟きました。どうせいまは夢の中なのです。それなら、願い事のひとつくらい、叶っても良いのではないかと思いました。

ほんとうには贈ることのできない花なのですから。

「あの、この赤いカーネーションを、ぼくの母に贈りたいです」

言葉にすると、晴れがましい、素敵な願いだと思いました。

「はいはい、お母様にですね」

店長さんは、楽しげにレジカウンターから出てくると、冷蔵庫のガラスの扉を開けて、炎のように赤いカーネーションを彼に見せてくれました。カーネーションの、独特なちょっと魔法じみた、甘い香りが漂いました。

「どれくらいお送りしましょうか？」

「ええとその、これくらい」

彼は両手を広げて見せました。

「ふむふむ、抱えるほどにですね」

お兄さんは、どこからともなく、綺麗な金銀のリボンと包装紙、はさみをとりだし、見事なカーネーションの花束を作りました。

「これでよろしいですか？」

「はい」

「配達もご希望でしたね。では、こちらで、送り状のご用意をお願いします。お届け先のご住所をご記入ください」

お兄さんは花束を抱え、長い髪とエプロンをなびかせて、先に立ってレジへと歩いてゆきます。いつの間にか、レジのそばには、テーブルと椅子が置いてあり、さあさあ、と、お兄さんが伝票らしきものを差し出します。

そのときになって、彼はお母さんがどの病院に入院しているのか、知らないことを思い出しました。

「わからないんです。どうしましょう?」

夢の中の話なのですし、なんとかならないかな、と思うと、お兄さんは、

「そうですね、なんとかしましょう」

と、笑いました。「こういうときがきっと、魔法のコンビニたそがれ堂の腕の見せ所なんじゃないかな、と思うんですよね」

腕を組んで、うんうんとうなずきます。

「——ではとりあえず、お会計をよろしいでしょうか?」

「え?」

「お客様は、昔、駅前商店街にお住まいだった、いわばご近所のお客様ですから、特別価格五円でけっこうです。この際、配送料もおまけしちゃいましょう」

「五円……そう、五円なんですよね」

そうでした。このコンビニの棚に並ぶ品物は、とても不思議なものもあるのに、みんな五円なのだと聞きました。元が神社の神様のお店だからそうなのかも、とささやくひともいます。まるでお賽銭《さいせん》のようなその金額。

「――どうしよう、ぼく、お金を持っていなくて」

まさか、夢の中でもお金が必要だとは思っていませんでした。そもそもコンビニたそがれ堂に辿り着けるなんて、ホテルから駆けだしたときは、思ってもいませんでしたし。

「ふむ」と、お兄さんは顎に手をやりました。「わかりました。では、お代金の代わりに、ピアノを弾いていただけませんか？」

「――ピアノを？」

「ちょうど店の前に、ストリートピアノを設置してみたところだったんです。その最初の演奏家として、世界に名を馳《は》せるピアニスト、首藤玲司先生に弾いていただけるとしたら、店にとっては最高の名誉で記念になりますし」

「――ぼくの名前をご存じだったんですか？」

「当然です」

得意そうに、お兄さんは笑いました。

「そうか。そうですよね」

彼もまた、笑いました。ここはコンビニたそがれ堂。店長さんは街の守護神。長い長い間、街を見守っていた優しい神様は、きっと住民みんなのことを愛で、何でも知っているのでしょう。いままで風早の街で、そうささやかれてきたように。

(いまが、夢かうつつか知らないけれど)

それならば神様に、たそがれ堂のピアノを弾かせてもらうのも素敵だと思いました。

「――お好きな曲とかありますか?」

お兄さんに誘われるままに、店の外に出て、白いピアノの前の椅子に座って、彼はそう訊ねました。

頭上に広がる空は、もうすっかり夜になっていて、星の光がちかちかとまたたいていました。

「では、ショパンの夜想曲第二番を」

お兄さんは笑顔でそう答えました。

「ああ、いいですね。ぼくも好きな曲です」

彼は笑い、さらりと鍵盤に指を走らせました。

その曲は元々、彼のお母さんが好きな曲でした。昔の映画の主題曲として、この曲をアレンジしたものが使われていて、それで知って好きになったのだといっていました。『愛情物語』――あるピアニストの生涯の物語で、大きくなってから彼も見て、好きな映画になりました。

　亡くなったお父さんも好きな映画で、テレビのロードショーで流れるたびに見たし、ビデオでも何回も見たと話してくれました。この店にピアノがあるのも、その映画の影響でピアノが好きになったからだと。お父さんはピアノの独習本を買って、それを見ながら楽しそうに、ピアノを練習していたのだと聞きました。

　お母さんが喜ぶので、子どもの頃の彼は、店のピアノでよくこの曲を弾きました。夜想曲第二番は、彼にとって、育った家と家族の、懐かしい思い出が詰まった大切な曲だったかも知れません。

　弾ききると、お兄さんは大きな拍手をしてくれました。「いや、素晴らしかった。ありがとうございました」と、笑顔で頭を下げてくれました。

　そして、いいことを思いついたというように、両手を打ちました。

「この際、カーネーションの花束を、ご自分でお母さんのところに届けに行ってしまいませんか？」

「えっ」

「大丈夫、乗り物を用意しますので。そこは宅配便ですしね。道案内もおつけしましょう」

そして、面白いことを思いついた、というように目を輝かせました。「そうですね、この際ですから、道案内は彼らにお任せしましょうか。ちょっと季節外れかも知れませんが、彼ら、ちょうど暇そうにしてましたし」

「？？？」

お兄さんは、両手を筒にして口に当て、空に向かって、呼ばわりました。

「おーい、トナカイさーん。お仕事ですよ」

シャンシャン、と空から降るように鈴の音がして、たそがれ堂の前に舞い降りてきたのは、空飛ぶ橇《そり》を引いた、見事なトナカイたちでした。サンタクロースはいないようです。

「さ、この橇に乗って、お母さんのところに、配達に行ってください。早いですよ、ひとっ飛びで空を駆けて行くと思います。トナカイたち、うちでクリスマスの疲れを癒やしつつ、たまにアルバイトをしてるんですよ。ほら彼ら、繁忙期以外暇でしょう？　サンタさんもたまに宅配を手伝ってくれます。実はね、昔からの知り合いなんですよ」

楽しそうにそういうと、お兄さんは彼の返事も待たず、店内に急ぎ足で戻っていって、あの見事なカーネーションの花束を持ってきて、橇の中に積みこみました。

「病院の場所は、トナカイたちが知っていますので、好きなように走らせてください」

さあさあ、と、彼を橇の御者席《ぎょしゃせき》に座らせ、鈴の飾りのついた手綱を、お兄さんは彼に渡しました。

「はい、いってらっしゃい」

お兄さんがトナカイに声をかけると、トナカイたちもまた楽しげに、鈴を鳴らしながら、五月の夜空へと飛び上がりました。

彼は星空へと舞い上がりながら、たそがれ堂の店長さん――お兄さんに、上空から、「ありがとうございます」と手を振りました。


トナカイの橇が舞い降りたのは、その昔、彼が生まれたあの海のそばの古い病院の、その屋上でした。

彼は、カーネーションの花束を抱くと、屋上の扉を開けて、階段を降りてゆきました。赤い鼻に灯りを灯したトナカイが一緒にきて、足下を照らしてくれました。

病院の中は静かで、病室の灯りは落としてあるようでした。消灯時間を過ぎているのかも知れない、と彼は思いました。あちこちでいろんな機械が動いている音だけがしていました。

トナカイは、彼を誘うように先に立って病院の廊下を進み、やがてある部屋の前で立ち止まりました。病室にかかっている札を見ると、四人部屋のようで、記入されているのはひとりだけ、彼のお母さんの名前です。

胸がどきどきとしました。彼は赤いカーネーションの花束を抱いて、病室へと入ってゆきました。灯りが消えた病室の、その窓側のベッドに、カーテンを開けたまま、枕元に小さな灯りを灯して、ひとりの女のひとが眠っていました。低くラジオの音が響いていました。枕元に置いたラジオを聞いたまま、眠ってしまっていたようです。

静かな呼吸の音がして、布団の胸の辺りが、ゆっくりと動いていました。

起こさないように、そっと彼は眠るそのひとのそばへと近づきました。

昔から長かった髪は、どうやら白くなっているようです。頬はこけ、目元や口元には皺が刻まれています。

眠りながら、どんな夢を見ているのか、口元にはうっすらと楽しげな笑みが浮かんでいて、ああこの笑顔は昔のままだ、と、彼は思ったのでした。胸がぎゅっと痛みました。嬉しくて幸せで懐かしさが溢れても、胸は痛むものなのだな、と思いました。

いま目の前にお母さんがいる、と思うと、もう何も欲しいものはないような気がしました。訊きたいことも話したいこともありはしましたが、寝息を聞いているだけで、すべてが満ち足りるような想いがしました。

彼は、ベッドのそばに置いてあったパイプ椅子に、そっと花束を置きました。

そして、ささやくように、いいました。

「お母さん、ありがとう。すこし早いけど、母の日おめでとう」

そうして彼は、静かにベッドのそばを離れ、廊下で待っているトナカイのところに戻って、帰ろうと思ったのですが――そのとき、背中に呼びかける、小さな声がありました。

「――健介？　健ちゃんなの？」

お母さんが目を開けています。信じられないというようにベッドの上に半身を起こそうとしています。か細いからだは、いまにも倒れそうに震えていました。

「ああ危ない」

彼は思わず駆け戻り、その痩せたからだを受け止め、支えようとしました。

その彼を、お母さんの細い腕がぎゅっと抱きよせ、抱きしめました。

「ああ健ちゃん、健ちゃんだ。これは一体、なんて素敵な夢なんだろう」

痩せていても、その腕は昔のままのお母さんの腕でした。お母さんの匂いの胸でした。

彼はそのままじっとしていました。ぽたぽたとあたたかなものが、涙が自分の上に降りかかるのを感じました。

(夢を見ているのは、誰なんだろう?)

幸せな想いのままで、彼は思いました。

この夢は彼の夢なのか、それともお母さんの夢なのか——。

どちらでもいいや、と思いました。

こうして会えて、お母さんが喜んでくれるのなら。自分を嫌いになっていなかったのなら。

それから、ふたりはいろんな話をしました。

彼は、カーネーションの花束をお母さんに渡しました。心の底から詫びました。ほんとうはずっとお母さんのそばにいたかったんだよ、と膝にすがって泣きました。

「みんなを捨てるみたいに、いなくなってごめんなさい。ほんとうはピアノのことなんて、どうでもよかったんだ。みんなに幸せでいて欲しいだけだったんだ」

お母さんは彼の髪を撫で、わかっていたのよ、といいました。

「親子だもの。わからないはずがないでしょう？　――でもね、あのとき、お母さんには行ってしまう健ちゃんを止められなかったの。だってお母さんね、家族を亡くす辛さを知っていたから。ほら、お父さんが亡くなっていたでしょう？

わたしにはまだ子どもたちがいる。でもこのひとは独り身で育てていた子どもを亡くして、どんなに寂しいだろうって思ったの。

そしたらね、健ちゃんを託してみようかな、って思ったの。返してあげようって」

お母さんはにっこりと笑いました。昔と変わらない、明るい笑顔で。

「お母さん、学がないから、上手に説明できないけど――このひとはきっと、健ちゃんを大切にしてくれるって思ったの。閃いちゃったっていうのかな。ずっと昔、嵐の夜に談話室でそれぞれの腕に赤ちゃんを抱いて語り明かした、そのときの話の内容はほとんど忘れたけれど、マリア様みたいな優しい笑顔で腕の中の赤ちゃんを見てた、それを覚えていたからかな」

彼はそっとうなずきました。

たしかに自分は大切な子どもとして育ててもらえたのだと思いました。

「お母さん、ぼく、ピアニストになったよ。すごく有名なピアニストになったんだ」

「知ってるわ」

と、お母さんはうなずきました。「今度、野外音楽堂でコンサートがあるんでしょう？　お兄ちゃんが聞けるようにって良いラジオをプレゼントしてくれたの。ラジオで放送があるよって教えてくれたの」

「お兄ちゃんが？」

彼は訊き返しました。「お兄ちゃん、ぼくのことを怒ってないの？」

「怒ってるはずないでしょう？」

お母さんは笑いました。「家族ですもの。お兄ちゃんだって、あのときの健ちゃんの気持ちくらい、わかってたわよ。でもね、お兄ちゃんは、あのときとっさに家の経済状況を考えたんですって。ほんとうのお母さんが言うとおり、この家では、健ちゃんにちゃんとした音楽教育を受けさせるのは無理だ、健ちゃんの才能が勿体《もったい》ないから、ここは心を鬼にして見送ろう、って。それが家族の愛情だ、って」

彼は笑いました。目元に滲んだ涙を指先で拭きながら。

（いかにもあの兄さんがいいそうな言葉だ）

「じゃあ、兄さんはぼくのこと、嫌ってないんだね」

「当たり前でしょう」

お母さんは呆れたように頬をふくらませました。「健ちゃんが音楽家として育って、有名になっていくのを、お兄ちゃんはね、ずっと追いかけていたの。商店街の電器屋さんにパソコンの使い方を教えてもらって、一生懸命に情報を探してたのよ。最初は、パソコン通信……？　えっとそれから、インターネットとかを使って。いまは、SNSだっけ、それを使って。だから今度のコンサートのことも、お兄ちゃんすぐに情報をゲットしてくれて。コンサートの日は、ラジオで生放送があるから、母さん病院で聞けるよって。俺たちは家族みんなで垂れ幕作って応援に行こうかって。おそろいのTシャツやうちわとかもいいかなっていってたわ」

そんなアイドルのコンサートじゃあるまいし、と思うと、とても笑えて、同時に泣けて仕方がないような気持ちになりました。

お母さんも笑いながら、言葉を続けました。

「でもね、健ちゃんは天下のピアニストになったから、もう自分たちのことなんか忘れてるかも知れない、忘れたいって思っていたらどうしようって、俺たちなんかが行ったら迷惑だろうかってそれを心配してたわよ」

そっと、うつむきました。「お母さんもね、それは心配だったの。だって、健ちゃんはいまや、首藤玲司――有名なピアニストになっちゃったんですもの」

「——お母さん」

彼は、ただただ、そのひとの顔を見上げました。涙をこらえながら、いいました。

「ぼくは、今回の野外音楽堂のコンサートで、みんなのために、夜想曲を弾くよ。誰のためでもない、お母さんやお兄ちゃん、妹や弟、商店街のみんなに、今回のコンサートは捧げるから。だからみんなに会いたいよ。応援に来てほしい。垂れ幕やうちわ持参で、好きなだけ、盛り上がってくれていいから」

電気ポットが、お湯が沸きましたよ、と知らせるブザーの音がしました。

彼——首藤玲司は、うたた寝から目をさまし、顔を上げました。

そこは古い病院の一室でも、コンビニたそがれ堂でもなく、ホテルの部屋でした。

どうやら、ベッドに腰掛けたまま、長い夢を見ていたようです。コーヒーを淹れるためにお湯を沸かしていた間の、一瞬に見た夢。

街を走ったり、たそがれ堂に行き着いたり、トナカイの橇で空を飛んだり、お母さんに会ったり——いろんなことがあったような気がしましたが、すべては夢の中の出来事だったのか、と思いました。まあ、そんなものだろう、と。

そもそも魔法のコンビニなんて、この世にあるはずもないのです。

「――邯鄲《かんたん》の夢ってやつか」

眠気はまだ残っていますが、疲れはとれて、頭がすっきりしていました。

ホテルの窓から見る空は黄昏色。まだ夜にはなっていません。自分はほんとうにわずかの間しか、眠っていなかったのだな、と思いました。

(夢か――夢だったんだよなあ)

ガラスにうっすら映る自分の顔が、少し寂しげな笑みを浮かべるのが見えました。

夢だったとしても、良い夢だったと思いました。とても幸せな夢だったと。

ほんとうにはお母さんには会えないとしても、垂れ幕やうちわを持って応援に来てはもらえなくても、家族のために良い演奏をしようと思いました。子どもの頃、お母さんに喜んでもらうために、ピアノを弾いた、そのときの気持ちを思い出しながら。

愛を込めて、一心に。ひたむきに。

「良い夢を見たよ。ほんとうに」

そう、何もかも夢でしょう。彼にとって都合の良い、こうであったらいいと内心願っていたような、幸せな夢。

けれど、なんと優しい夢だったのだろう、と彼は思いました。

そして、コンサートの夜。

野外音楽堂の石の舞台に置かれたピアノを、彼は心を込めて奏でました。

彼とピアノと、いっぱいにつめかけた街のひとびとを照らすように、大きな満月は銀の光を放ち、薔薇園の薔薇は五月の薔薇の、幸福な香りを漂わせ、海からは塩辛く懐かしい香りの海風が吹き渡り、奏でられるピアノの音を、風早の街のあちらこちらへと届けたのでした。

さて、演目のうち、夜想曲三曲は、静かに美しく完璧に終わり、大きな拍手が波音のように客席で響き、聴いていたひとびとは、ため息をついたのですが、そこで客席の後ろの方で、立ち上がったひとびとがありました。

「健介、健介、すごいぞ」

長い垂れ幕をわいわいと持ち上げ、朗らかな声で叫んだのは、そのひとびとは、かつて、首藤玲司がその名前で呼ばれていた時代の家族たちでした。おとなになった兄や、弟に妹たちが、それぞれの家族とおぼしき子どもたちが、目を輝かせ、うちわやペンライトを手に、ピアノの前にいる彼に手を振り、声援を送っています。

それは、あの優しい夢の中の情景の続きのようで、けれど、いま目の前で起きている、ほんとうの出来事なのでした。

司会をしていた市役所のひとびとが、驚き慌てふためいたように彼らの元へ走り、同時に、玲司の方へも、身をかがめるようにして、急いでやってきました。

「――恐れ入ります、あの方々はご存じで」

「ええ」

玲司は答えました。笑いがこみ上げてきて、同時に泣けてもきてしまって、巧く答えられず、うつむいてやっと笑顔になり、

「わたしの家族です。お騒がせして申し訳ございませんでした。応援に来てくれたようで」

夢ではなかったんだ、と思いました。

何もかも、あのひとときの間に起きた出来事は夢ではなかったのだ、と思いました。

拍手の音は鳴り止まず、いまはアンコールを、いまひとたびの演奏を求めて、いつまでも響き渡ります。いちばん熱心なのは、後方の席、いまは垂れ幕をどこかに片付けた、彼の懐かしい家族たちでした。

アンコールにはサティの曲を用意していましたが、彼はゆっくりと首を横に振り、夜想曲第二番を再び奏で始めました。

コンサートが終わった後、家族たちがわっと舞台に詰めかけました。

彼も舞台から降りて、少し面《おも》はゆい気持ちになりながら、一言二言、会話を交わしました。


その中で、お兄さんがいいました。

「母さんから聞いたんだけど、あの見事な赤いカーネーションの花束、おまえがお見舞いに持ってきたんだって？　高かっただろう」

「え？　うん、まあね」

彼が応援に来て欲しいといっていた、と、お母さんからきいたから、勇気を出して来たのだと、お兄さんは笑っていいました。長い間うちにクリスマスプレゼントを送ってくれてたのもおまえだろう？　兄ちゃんにはわかってたんだぞ、と得意そうにいいました。

そして、こういいました。

「ところで、これは看護師さんたちから聞いたんだけど――どうやらおまえは夜のうちにいつの間にかお見舞いに来てたらしいっていうんだけど、病院にいつ来ていつ帰ったのかまるでわからなかったってさ。いったいどんな魔法を使ったんだ？」

ふふ、と彼は笑いました。

　そして、彼の家族たちに、こういったのです。少しだけ声を潜めて。

「――実はね、あのカーネーションは、不思議なコンビニで買ったんだ。わたしは……ぼくは、コンビニたそがれ堂に行ったんだよ。そしてね、カーネーションの花束を、空飛ぶトナカイの橇に乗って、病院まで配達に行ったのさ」

　月の光は銀色に世界を照らし、それはどこか、あの優しい神様の髪の色にも似て、彼はふと、今夜の演奏は風に乗ってあのコンビニへも届いたろうかと思ったのでした。

　ステージを包む薔薇たちが、風に吹かれ、柔らかい花びらと葉を揺らしていました。

夢見るマンボウ

ずっとずっと昔のお話です。

どれくらい昔かというと、鬼やそういう妖怪が普通にその辺を歩いていたくらいの頃。金太郎や桃太郎、かぐや姫のお伽話の時代です。

ある豊かな国の領主様が、その国の若者たちのうち、強く賢い者を集め、船団をしつらえて、海の彼方にあるという仙人の住む国へ行き、その地にて不老不死の秘術を修めてくるように、と命じました。

海の彼方に仙人の暮らす理想郷があるらしい、とそういういいつたえはあるものの、ほんとうかどうかわかりません。そもそも、昔の話ですから、海を渡る旅をするというだけで命がけです。山ほどの水と食料を積んだ船でこぎ出しても、それが尽きるより早くその国に行き着けるかどうかもわかりません。

けれど、領主様の命じたこととあらば、従うしかありません。またその国はとても豊かな国でしたので、無事の帰国が叶えば、山ほどの褒美《ほうび》が用意され、子々孫々《ししそんそん》までの名声も得られるだろうと若者たちは思いました。実際、領主様も、それを約束して、若者たちを海の彼方へと送り出したのです。

さて、領主様には、たいそう美しく、心優しい姫君がおりました。旅だった若者の中にひとり、ひそかにこの姫君に思いを寄せている者がおりました。

選ばれた者たちの中でも、ひときわ賢く、からだも頑丈で、性格も朗らか、見目麗しい若者でした。

もしかしたら――彼は思いました。

(この旅が無事に終わり、不老不死の秘術を学んで帰れば、領主様はあの姫君と夫婦になることを許してはくれないだろうか?)

大それた願いとは思いながら、命がけの旅と大切な任務、それを果たした暁には、と、夢を見ずにはいられませんでした。

そしてまた、若者は思ったのです。不老不死の仙術、それさえ持ち帰れば、彼の愛する故郷のひとびとは、きっと永遠に若く健康なまま、死を恐れることもなくなるのです。病を恐れず、死による別れも恐れなくていい、終わりのない楽しい日々を生きていけるようになります。彼の故郷はどれほど幸せな地になるだろうと、若者は思いました。

かくして海原をさすらう、長い長い旅が始まりました。

仙人の住む国はなかなか見つかりませんでした。旅が続くうちに、若者たちはからだを病み、心を病んで、ひとりまたひとりと旅を諦め、死んでいきました。それでもまだ、残された若者たちは船旅を続けました。引き返そうにももはや、故郷をはるばると遠く離れていたからです。

また、あの姫君に恋していた若者は、姫君のことを思えば、どんな辛さや苦しさにも耐えられました。誰よりもあの美しい姫君のために、不老不死の術を持って帰らねばならないのです。

長い長い、果てしなく長い海の上のさすらいの旅。出会うひとびとや行き着いた島や国のひとびとに、仙人の国のある場所を訊きながら、若者たちの船の旅は続きました。

やがて、ある遠い海で、船は嵐に巻き込まれ、見知らぬ島の浜辺へと流れ着きました。

息も絶え絶えに、浜辺に倒れていた若者が顔を上げると、天に届くほど高くそびえる山々と、それはそれは見事で、壮麗な都がそこにありました。

これはいったい、あるいは死ぬ前に見るという夢か幻かと若者が目を疑っていると、静かに歩み寄る足音が聞こえました。

「おお、これは何事だ？　そなたは、いったい、どこからここへと流れ着いてきたというのだ？」

目の前に立つ老人の、その顔立ちの賢そうで、なんともいえない風格がある様子、身にまとう衣の、華美ではなくとも美しく、ほのかに良い香りのすることといったら、この世の者とも思えませんでした。

そう、若者はついに、仙人の住む都がある地へと辿り着いたのです。

若者は喜び、無精髭の生えた顔に涙を流し、ともに旅してきた仲間たちの方を振り返りました。けれど、長い旅をともに過ごした故郷の若者たちの姿は、ただのひとりもそこにはありませんでした。静かな島の浜辺にあるのは、嵐に打たれ、荒波に翻弄《ほんろう》されて、砕け散った船の残骸だけだったのです。

若者ただひとりが、その島へと辿り着いたのでした。

それからの日々、若者はひとり、仙人に教えを仰ぎ、仙術を修めました。仙人たちも、はるか遠い国から命を賭して海を渡ってきたというこの若者に心打たれ、自分たちの知る限りの知恵と知識を与えたのです。その中にはもちろん、不老不死の秘術もありました。

ついにある日、若者は全ての仙術を学び終えて、故郷に帰ろうと思いました。

その日まで若者の師であった仙人たちは、若者の才を惜しんで、引き留めました。そなたならきっと、ここにいる誰よりも仙術を極め、立派な仙人になれるだろう。欲と争いと苦しみにまみれたひとの世に戻るなど、なんともったいない。ここにいれば、永遠の平穏と、老いることも別れもない、思索する日々が手に入るものを、と。

けれど若者は、感謝して、仙人たちに別れを告げました。

若者はもはやほとんど仙人と化していましたので、山を指さすだけで、木々が空を飛んで浜辺へ積み上がり、積み上がった木々の枝が払われ木材となり、紐でくくられ、釘で打たれて見事な船ができあがりました。空を指させば、どこからともなく丈夫な布が飛んできて、立派な帆になりました。

そして、若者は仙人たちに別れを惜しまれつつ、はるか海の彼方の故郷目指して旅立ったのでした。

行きの船旅と違って、帰りの旅は楽でした。仙術で風を呼び、船の帆をふくらませれば、船は軽々と海を行きます。船の前後ではイルカが跳ねながらともに泳ぎ、上空では海鳥たちが楽しげに飛び交っていました。

やがて、懐かしい陸地のかたちが見えてきました。若者は空を飛びたいような気持ちで、故郷の国の浜辺へ向けて、船を走らせました。

けれど。若者が帰り着いたそこは、見知らぬ国になっていました。あまりにも長い船旅を続け、長い長い間、仙術の修行をしていたので、気がつくと若者を置き去りに、矢のように時が過ぎていたのです。

旅だったとき、豊かに栄えていた国は、その後、どういう歴史を経たものか、あとかたもなく滅び去り、いまは見知らぬひとびとが、見知らぬ名前の国で楽しげに暮らしているのでした。

不老不死の技を得て、他にもたくさんの仙術を学んで帰ってきたものを、その知識で豊かにし、幸せにするべき故郷はもうどこにもありませんでした。

若者はその地を立ち去り、二度と訪《おとな》うことはありませんでした。

遠い遠い昔の、ある若者のお話です。

さて。

年号も令和となったいまの時代の、ある年の十月。駅前商店街の路地の向こう、この世と少しばかり違ったところにある、不思議なコンビニたそがれ堂に、いままさにうきうきと訪れようとする、ひとりの客の姿がありました。

まだ若く、元気な娘です。小太りのからだに、ゆったりとしたオーバーオールを着て、ジャンパーを羽織った姿で、ゆらゆらと楽しげに歩く様子は、どことなく海を泳ぐ大きな魚、マンボウを思わせました。

きらきら輝く丸い目と可愛らしい口元のせいもあるかも知れません。本人自身がマンボウに似ていると思っていて、その魚のことも好きなので、ペンネームもずばり、「マンボウえりこ」。四コマ漫画を趣味で描いている同人作家のひとりでした。

ここのところ、続けてたそがれ堂を訪れている彼女は、何度その路地を通り、たそがれ堂を訪れても、飽きることがないようでした。脳内のタブレットに記憶して帰る、というように、口を開けて空を見上げ、しゃがみ込んで足下を見つめ、何事かうなずき、独り言をいいながら、店への道を楽しげに辿ります。

たそがれ堂の店員、長い黒髪のねここは、店の窓からその様子を見守っていました。あたかも魚が泳いでいるようで、見ていて飽きません。彼女は化け猫、元が猫なので、そんな様子は、見ているだけでつい胸がときめきます。金色の瞳でついつい見つめてしまいます。

ちなみにいまのねここが身にまとっている着物は、紅葉が降りそそぐ川に、鮭の群が遡上《そじょう》するその様子が描かれたもの。魔法で描かれた絵ですから、時折、水のしぶきや、日の煌《きら》めきがきらきらと輝きます。鮭のひれが光を弾くこともありました。

十月、神無月なので、店長風早三郎は店を空けて、はるばると、遠い地の、神様たちの会議に出かけていました。

ねここは店を預かって、ひとりきままに、魔法のコンビニの営業を続けていたのです。

「あの子、この店に来るってだけのことが、いつもほんとに楽しそうなのよね」

マンボウに似た娘は、店への道の一歩一歩を、ステップを踏むように歩いてきます。何回ここを訪ねても、その都度楽しくて仕方ない、そんな感じで。

「ほんとはあの子、魂だけ抜けてここに来てる生き霊だし、本体は遠くの街の病院のベッドで死にかけてるみたいなんだけどね……」

年を経た化け猫であるねここには、ひとめでわかることでした。弾むように歩く若い娘のからだのその足下からは、長い銀色の紐のようなものが透き通りながら、遠い空へと伸びていて、その先には、彼女の肉体が静かに病院のベッドで眠りについているのでした。

「夏からずっと寝てるっていってたっけ」

風早の街の専門学校に進んで、そのままひとりこの街のアパートに住み、アルバイトをしながら、漫画の投稿をしていたといっていました。夏休み、久しぶりに故郷に帰って、のんびりしようと思っていたら、アルバイト先の、近所の商店街の書店で地震に遭い、倒壊した建物の下敷きになって怪我を負い、意識を失ったままなのだとか。

娘が店の前にひらひらと辿り着きました。ガラス越しに自分を見ているねここに気付くと、「やっほー」と、大げさに手を振り、店の中に駆け込んできました。「こんにちはー、ねここさん、また来ちゃった。イェーイ」

店の中に元気に駆け込むと、「だって病院で、ただただ寝てるの暇なんだもん」と、言い訳するように付け加えました。「なにしろ、ほら、あたし、意識不明だから、指一本動かせないしさ。一本でも動くなら、ベッドでタブレットに四コマ漫画描くのにさあ。あ、どっちみち、意識がちょっと不明だから無理か」

「うん、まあ、さすがに難しいかもね」

ねここはなかば呆れつつ、いらっしゃいませ、といいました。こうしてここで話している分には、とにかく元気で明るい生き霊で、そんなに悪い状態にはまるで見えません。

楽しげな客はふと、レジカウンターのそばの棚に飾っていた、おもちゃのグランドピアノに目を留めました。

「わ、可愛い。ねえこれ弾いてもいい？」

「どうぞ」

えりこさんは、どこか懐かしい、優しげな視線になると、丸くふくふくとした指で、立ったまま器用に、きらきら星を奏でました。

ねここには音楽のことはよくわかりませんが、上手なように思えます。そういうと、弾き終えた彼女は、丁寧におもちゃのピアノの蓋を閉め、

「子どもの頃、習ってたんだよね」

といいました。「ピアノ、大好きだったんだけど、ほら、あたし、手が小さくて、指が短いから、それで諦めたの。ピアノの先生に、向いてないっていわれちゃったし。実際、おとなになったいまも、1オクターブ届かない。夢にもちょっと届かなかったかな、なんて」

えりこさんは、あはは、と笑いました。「なんかいつも、あとちょっとのところで、届かない感じの人生だったかも。才能とか、運とかさ。美大の受験も合格するっていわれてたのに、あとちょっとのところで落ちちゃったし、漫画の新人賞も、『あと一歩で賞』って感じで、落選ばっかりだったなあ」

自分の短い指を、愛しそうにみつめました。

「――ところで、ええと、マンボウえりこさん、さすがにそろそろ何か、お買い物で

もしてかない？　正直、このお店、誰でも来られる場所じゃなくて、客を選ぶ店って
いうかさ、せっかくここに、それも何度も来てるんだもの。そろそろ何か、珍しいも
のでも買って帰らない？」
「うーん、そうだよねえ」
えりこさんは、腕組みをして、しみじみと考え込む素振りをしました。
そして、うなずきつつ早口でいいました。
「このお店、コンビニたそがれ堂が、魔法のコンビニで、何でも売っている不思議な
お店だってことはね、ちゃんとあたしも知ってるのよ。専門学校に入学するときに、
この街に来て、初めてその噂を聞いて、何それ最高、って思ったもん。いつか絶対そ
のお店に取材に行って、それで四コマ漫画描くぞ、って心に決めたもんね。えーっと
あれは何年前かな？　げっ、十年位も昔になるのか。大昔じゃん」
そりゃあたしも年取るわー、と、しみじみと、ひとりうなずきます。
そして、いいました。
「あんまり憧れすぎてたからかな。なんか、ここにこうして辿り着いただけで、けっ
こう満足しちゃってるところがあるのかな」
えりこさんは、にっこり笑いました。鼻歌をうたうような表情で、腰の後ろで手を

組み、楽しげに店の天井を見上げ、店内を見回して、

「ここは、噂に聞いたとおりに、春の日差しみたいな優しい光がいっぱいに満ちてるし、綺麗な品物も、可愛い品物も、楽しい品物も、美味しそうなものも、不思議なものも、よくわからないものも、たくさん売ってるし。ここにこうして立っているだけで、満ち足りちゃうっていうのかな。

あと、ねここさん、可愛い。あたし、可愛い女の子って好きだし、猫も妖怪も好きだから、ねここさんに会えて、お話しできて、超楽しい」

えりこさんは、きゃっきゃと笑いました。

最初に店に来た頃、えりこさんが、絵を描いて見せてくれたことがあります。愛らしくて優しい絵で、大きな瞳の女の子たちが、楽しく日々を生きている、そんな漫画を描くのが好きなのだといっていました。美味しいものを食べたり、ショッピングしたり、たまには喧嘩もしてみたり、そんな他愛もない日常を描くのが好きなのだと。

「だって、生きてるって楽しいじゃない？　ありふれた毎日の繰り返しって最高じゃない？　日常が素敵で最高だって、ただそれだけをテーマにした漫画、あたし、一生だって描けると思ってる……」

そういいかけて、「――思ってたんだ」と、彼女はそのとき、少しだけ寂しそうに、

口にした言葉をいいかえたのでした。

「ええとね」ねここは困ったなあ、と耳の辺りを、爪の長い指先で搔きました。

「コンビニたそがれ堂が、なかなか素敵なお店だってことはたしかにそのとおりよ。褒めてもらえて嬉しいわ、ありがとう。――あと、可愛いっていわれたのも、わりと嬉しいわ。わたし、実際可愛いし。褒められるの嫌いじゃないし。

　でもそれはそれとして、このお店の使命っていうのかな、コンビニたそがれ堂の店員としては、せっかくだから、何か買って帰って欲しいのね。で、できればちょっといい気分になってくれたりするとさ、こっちも店を続けてる張り合いがあるっていうか。――欲しいものとか、ない？」

　目の前の、ふわふわと幸せそうな娘を見て、ねここは心のうちに、ちくりといらだちの芽のようなものを感じていました。

（わかってるのかな。ここに、コンビニたそがれ堂に辿り着いたのって、死にかけてるあんたにとって、千載一遇のチャンスなのよ）

　たとえ、いま、この店の中では楽しげに元気そうに見えていても、真実の彼女のからだは、刻一刻と死に近づいているのです。それが、ねここにはわかります。

うきうきと何度もこの店に通っている暇があるなら、何かサクッと死なずに済むような品物でも探して買って帰れば良いのです。

「ねえ、願い事とかないの？　ずばりいって、いま自分が死にかけてる、その運命が変わる不思議な品物が売ってたら欲しいなあ、とか」

「わあ、ほんと、ずばりだ」

えりこさんは、笑いました。「そうだねえ、あたし割と、このまま死んじゃうのもありかな、と思ってるんだけど、もし、どんな傷でもあっという間に治って元気になれる、魔法の傷薬とかあれば、買って帰りたいかも。そしたらさ、病院でずっと付き添ってくれてる父さん母さんが、喜んでくれるような気もするし。そうだね、それもいいかも」

「うっ」

ねここは、胸元を押さえて、うつむきました。「ごめん、そういう薬はいま切れてて――」

何にでも効く魔法の薬は、いまちょうど切れていました。そして、大抵の品物は、ねここも店に並べることができるのですが、傷を癒やしたり、生命を言祝《ことほ》ぐような品物は、ねここには作り出すことができませんでした。彼女は神様ではなく、妖怪変化

——本性は恐ろしい魔物だからです。

（いま、店長がいないからなあ）

神無月の、神様が集まる会議に出かけている店長は、いつ帰ってくるのかわかりません。それまでの間、目の前のこの生き霊の、遠い故郷で入院しているからだが持つものか、そんなことはわかりません。

（人間の魂は、ときどき思わぬほどに、もろく、儚《はかな》いから——）

ひとの生き死にを長い間見守ってきたねここには、それがわかっていました。

「——ええとね、えりこさん、こんなのはどうかな？　時を少しだけ遡れるチケットなら、一枚だけ、いまお店にあるの。それを使って、地震に遭わずに済むように、自分の運命を変えてみるってどうかしら？」

「運命を、変える？」

「そう。たとえば、夏休みに故郷に帰るのをやめにして、この街にとどまるとか」

それがいい、そうしなさいよ、と、ねここは内心で拳を握っていました。

故郷の街に帰らず、地震にさえ遭わなければ、彼女はひどい怪我もせず、その命が危うくなることもないのです。それこそ、彼女の愛した日常が、変わらずに続いているはずで。

えりこさんは、しばし考え込み、そして、すごいや、と顔を上げました。

「そっか。なるほど、あたしが地震の時に、実家の近所の商店街に行かなければ、建物の倒壊に巻き込まれない。大怪我しないで済んで、元気に生きる世界線の方へ、移動できちゃうって感じになるんだ。たそがれ堂の品物の力を借りれば、そんなすごいことができるんだね。

すごいすごい、さすが、コンビニたそがれ堂」

小さくつぶらな瞳がきらきらと輝いていました。けれど彼女は、口元に微笑みを浮かべたままで、やがて静かにいいました。

「ねここさん、ありがとう。――でもそれは、ちょっとできないや。あたし、地震のとき、あの商店街にいたいの。それは変えたくない」

「？　どうして？」

「あたしが地震に遭ったのは、本屋さんにいたときだったって話したよね。小さいときから通ってた古い本屋さんで、高校時代から、何回もバイトしたことがあるところでさ。こないだの夏休みも、そこでバイトしてたんだ。店長さんとは、いつかあたしが漫画家になったら、サイン会をここでして欲しい、いいよ任せとけ、って約束してたくらいの馴染のお店なんだ。

あのとき、店内には、あたしの他に、小学生の子どもたちがいた。店長さんは、ちょっと急ぎの配達に行ってくるからって、バイクに乗って出かけててさ。

そんなとき、地震があったんだ。

本が雪崩みたいに本棚から流れ落ちてきてさ。古い建物だったから、壁が壊れて、作り付けの本棚ごと、四方八方から崩れ落ちてきちゃって。停電と埃で辺りは真っ暗になるし、世界はまだ、ぐらんぐらん揺れ続けてるし。気がついたら、店の壁や落ちてきた天井や、本棚や本の下敷きになってたんだ、あたし。

重たくて潰れそうで、苦しかったから、なんとかもがいて、外に出ようとしたんだけど、もう何がどう乗っかってるのやら、重くて少しも動けなくて。手も足も全然だめ。重さもどんどん増してゆく感じがして、ああこれで、あたしはこのまま死ぬのか、そんなまさかと心臓がばくばくしてたら、そばで、子どもの泣き声がしてさ。——どこだろう、どこにいるんだろうと動かない首を必死に動かしたら、あたしのからだからそう遠くないところに、小学校三年生くらいの、三つ編みの女の子がやっぱりいろんなものの下敷きになって、泣いてたの。そこだけ、上から日の光が射して、はっきり見えたんだ。何回か店で見かけたことがある子だな、って思ったの。

でね、どういう奇跡なのか、このあたしの肉厚のからだが、柱か何かの下敷きになってて、それでできた隙間に、女の子が良い感じにちんまりと収まってたのね。それで無事だったわけ。あのときばかりは、肉付きのいい自分のからだを褒めてあげたくなっちゃった。サイコーなわがままボディじゃん、みたいに。

だから、あたしは、ここはおとなとしてしっかりしなきゃって思ってさ。がんばろうってその子に声をかけたの。きっといまに助けが来る、もうすぐそこに来てるはずだって。あと少しの辛抱だからね、って。その子は泣き止んで、埃で汚れた顔でうなずいてくれた。

まあでもそれからが、長くてね。地震があったのは昼間だったんだけど、そのうち日が傾いて、夜になって。何回か外で誰か大勢の声が聞こえたこともあったんだけど、遠ざかったりして、なかなか助けは来なくてね。そのうち、夜になったんだ。

月の光が、女の子の顔の辺りに射しててさ。不安そうな悲しそうな顔をしてるの。あたしもそんな顔になりそうになったけど、おとなの意地で、根性で笑顔になってさ。いろんな話をしたんだよ。この本屋さんにはいつも来てたの？　とか、どんな本が好き？　とか。近所の子で、いつもお店に来てるんだっていってた。夏休みに入ってからは毎日来てるって。『ちゃお』とかそういう、目が大きい女の子の絵が表紙の、可愛い漫画雑誌が好きで、毎月買ってて、自分でも絵を描いたりするんだってさ。漫画家になりたいんだっていうのね。で、あたしも昔、そんな感じでこのお店に通ってて、やっぱり『ちゃお』や『りぼん』や『なかよし』とか買ってて、漫画家志望で、いまは新人賞とか出してるんだよって、話をしてさ。話してるうちに、その子の表情が明るくなってさ。そりゃそうだよね、人間ってみんな、楽しいことや好きなものの話をすれば、どんなときも笑顔になるもん。なれちゃうもん。

　でさ、約束したの。がんばって、助けが来るまで待って、ここを無事に出たら、絵を見せあいっこしようって。漫画も見せあいっこしちゃおうって。ちょっと恥ずかしいけど、この際、お互い、勇気を出そうって。

　それから、朝になるまで、好きな漫画やアニメの話をずっとしてたの。どうせ眠れなかったしね。静かになるのが怖かったし。あの漫画のこのキャラクターがかっこいいとかさ。楽しかったなあ。疲れてて、おなかが空いて、喉も渇いて。でも楽しかった。いま何を食べたいか飲みたいか、出られたら何を食べようか、なんて話もしたり。

　それでね、朝になって助けが来て、女の子とあたしは助け出されたんだけど、ちょっと惜しかったのは、あたし、思ったよりひどく頭をぶつけてたみたいでね。せっかく自由の身になれたのに、そのまま長く入院することになっちゃった、ってわけ。女の子は幸い、元気であまり怪我もしてなくて、それだけ確認できて安心したら、あたし、気絶しちゃってさ。それっきりだよ。もうそのまま意識不明。

　気がつくと、まあ不思議なことに、幽体離脱《ゆうたいりだつ》みたいなことができたから、それからは気がかりなことをいろいろ調べたり、訪ねていったりしたんだ。病院の先生たちや、取材に来た記者さんたちや、付き添いの両親の言葉とかで、自分の怪我がひどいことを知ったりとか。あの三つ編みの女の子は、もう退院して、元気になっていってるってわかったのは、嬉しかったな。

　あとは、こっちの街のあれこれが気がかりだなあ、と思ったら、一瞬で飛んで帰れたから、あちこち回ったりとか。——あたしけっこう友達や知り合いが多いから、ひとづきあいでほっとけないこともあったりして。同じアパートのひとたちと一緒に面倒見てた、可愛い可愛い地域の猫たちもいたし、話し相手になってた近所の仲良しのおばあちゃんやおじいちゃんもいたし。いつもおかずやお菓子を分けてくれたりして、楽しかったし、ありがたかったんだよね。ネットで知り合った漫画友達と、同人誌出そうかって打ち合わせもしてたから、それはどうなるのかなとか。コンビニのバイトも入れてたんだけど、もう行けなくなるからどうしようとか。急にいなくなっちゃうわけだから、心配でさ。いま人手がたりてないんだよね。

　そしたらさ、みんなあたしが死にかけてること知ってて、泣いてるの。まあ、ニュースにもなってたみたいだしね。ＳＮＳのあたしのアカウントにたくさん返信ついてたりとか。大丈夫ですかとか、きっと帰ってきてくださいとか。

あたしお化けみたいなものになっちゃってるから、近くにいても、普通のひとたちには、姿も見えない、声も聞こえない。もちろん、ＳＮＳに投稿もできないし。泣いてるみんなや心配してるみんなに、お礼もごめんなさいもいえなくて、それが申し訳なくてね。なんかいろいろ、無責任に放り出しちゃうなあって。あとみんなのこと好きだったから、ほんとにごめんね、って思ったな。ありがとう楽しかったって、元気なうちにたくさんいっとけばよかったって、ほんと悔やんだの。

聞こえない声で、みんなにお詫びして、さよならしたあとは、あたし、ほらお化けみたいなもんだし、お腹も空かないし、疲れないし、どこにでも自由に行けちゃうから、気ままにふらふら散歩してるんだけどね。で、たまたまコンビニたそがれ堂への道を見つけたから、こうして何度も遊びに来てるわけだけど。ねこさんなら、お話もできるし、さみしくないし。たそがれ堂、なんでもあって、面白いし。いやほんと、ここに来たこと、漫画に描いてみたかったなあ。

――あれ、あたし、何の話をしてたっけ？」

「なんで、運命を変えたくないのかって、その理由を説明してもらってたところ」

えりこさんは、ぽん、と手を打ちました。

「あ、そうか。——うんと、だからね。もしあたしが、その日帰省してなかったとして。地震の時、あの本屋さんにいないように運命が変わるとしてね。あたしはそりゃ、建物の下敷きになることもない、頭に怪我もしない、風早の街でいままで通りに平和に暮らせると思うんだけど、じゃあ、一緒に下敷きになってた、あの三つ編みの女の子はどうなるのか、って話なのよ。『ちゃお』の読者のあの子よ。

もしかしなくても、あたしがあの日、あの場所で建物の下敷きになってなかったら、あたしのからだがそこにないってことになるから、つまりは、あの子、誰にも守ってもらえないまま、建物の下敷きってことにならない？　死んじゃうかも知れないし、生きていたとしても、救助が来るまで、怖い思いや痛い思いをしながら、ひとりぼっちで耐えてなきゃいけなくなるんじゃないかな。——そんなの想像するだけで、あたし耐えられない。あたしが耐えられないから、もうこのままでいいやと思って」

えりこさんは、いいきりました。

それは明るい笑顔で、さばさばとしていて、いっそ楽しそうでした。

顔を上げて、言葉を続けました。

「生きるのは好きだし、もっと生きていたかったし、できれば漫画家になりたかったし、まだ読みたい漫画も小説も遊びたいゲームも見たいアニメもたくさんあって、あたしにはそんなあれこれが生きている意味で、大切なことだったんだけど、そんなのもう、どうでもいいやって思ってさ。だって、あたしより、あの女の子が生きていてくれた方が良いよ。

考えようによっては、あたしの代わりに、あの女の子が生きて、いまの続きの世界――未来の世界に生きてくれるってことでしょう？　あたしの読めなかった漫画を読んで、遊べなかったゲームを遊んで。あたしの分も漫画を描いて、漫画家に見事なっちゃったりしてさ。それならあたしはもういいよ。

あとね。本屋の店長さんね、昔っから、子どもが好きでさ。夏休みに店に来てた小学生が死んじゃったとかそんなことになったら、立ち直れないと思うんだ。きっとお店をあのまま、やめちゃうと思う。そんなのだめだよ。故郷の町から本屋がなくなっちゃう。本屋さん、復活させてもらわないと。だからやっぱり、あの子は死んだらだめなんだよ」

「うーん、でも死なれてショックなのは、あなたも同じなんじゃないかな」

「え？　あたし？　あたしは死んでも、店長さんは悲しまないのかって？　そりゃもう悲しんでくれるだろうけど、きっと子どもが死ぬよりは立ち直りが早いと思うから。

本屋や漫画が好きだった、あたしの分も、店を復活させて続けようって思ってくれるよ。わかるよ、付き合い長いもの。

だから、あの子はあたしが助けて良かったんだ。その運命を変えちゃいけないんだ。自分は人生ここまででもさ。その先の、あの子が生きてゆく、あたしがいない未来と引き換えにしても良いって思うんだよ。――でね、そんなふうに思える自分が、ヒーローみたいで、ちょっとかっこいいと思うんだ」

えりこさんは、えへへ、と笑いました。

「あたしのね、両親もわかってくれると思うんだ。すごい家族仲良いんだけどね、だからこそわかる。あたしなんて子どもの頃から、美人でもないし、いまいち出来が悪かったし、この先、生きてたって、立派な漫画家になれるかどうかもわからないしさ。まあいっちゃなんだけど、客観的にいって、世界や人類にとっては、その他大勢の、いてもいなくても変わらないような人間のひとりだと思ってる。でもひとを救ってヒーローのように世界とさよならしたのなら、両親も誇りに思ってくれるかなって。やっぱりすごい悲しくはあるだろうけど、ちょっとくらいは哀しみが癒えるかなって。家族だからさ、考えそうなことはわかるし。

きっと、あたしは自慢の娘になれる。父さん母さんが年老いて、いつか寿命が来るその日まで、うちの娘はサイコーだったって、そう思ってくれると思う」

えりこさんは、自分の言葉に自分でうなずいて、朗らかな笑顔で笑いました。

そして、ねここにいいました。

「うちの実家、小さな食堂やってるんだけど、海鮮丼がめっちゃ新鮮で美味しくてさ。ねここさんも、いつか食べに行くといいよ。美味しくてきっと、びっくりするよ。ちょっとレトロないいかたすると、ほっぺた落ちちゃうかも」

ねここは、ふと思いついて、いいました。

「イートインコーナーで、今度、鯛茶漬《たいちゃづ》けを出そうかな、と思ってレシピを考えてるところなの。よかったら、味見していかない？　お代はいらないからさ」

「食べる、食べる。鯛茶漬け大好き」

えりこさんは、大喜びでした。

昭和風の、色鮮やかな大きな花の模様の絵が描かれた炊飯器に、お揃いのポット。最近ねここが気にいっている、そんなあれこれを出してくると、イートインコーナーの席に着いていたえりこさんは、可愛い可愛いと、声を上げて喜びました。

「もう、昭和レトロ、サイコー。このお店にもぴったりだよね」

そしてねここは、これも昔風の、綺麗なガラスの器に入った、鯛のお刺身を持ってきました。たくさんの白ごまと一緒に、良い感じにお醬油に漬かっています。ふわりと甘い鯛の香りが漂います。

炊飯器を開ければ、炊きたてのご飯。一粒一粒がつやつやと光っています。ふうわりと、湯気と一緒に、ご飯の香りが、たそがれ堂の店内に流れました。

ねここは、しゃもじでご飯を掬《すく》うと、お魚の柄の大きめのご飯茶碗にご飯を盛り付けました。そこに、銀のスプーンで、鯛のお刺身を載せて、おそろいの柄のきゅうすから、熱いお茶をかけました。お刺身は、ふわりと白っぽくなって、お醬油と鯛とお茶の良い香りが店内に漂いました。

「さあ、どうぞ」

「いただきます」

えりこさんは、ぷっくりとした手を合わせ、そして、鯛茶漬けに、それはそれは美味しそうに舌鼓《したつづみ》を打ちました。

ねここは微笑みました。

「おかわりもどうぞ。あ、二杯目は、ここにわさびと刻んだ大葉があるから、それで味を変えてみるのも楽しいかと思うの。柚子胡椒もあるわよ」

　夢中になっているえりこさんは、無言でうんうんとうなずきました。

　ねここは、そんなえりこさんのそばで、いつでもおかわりを作ってあげようと思いながら、見守ってあげていたのでした。

　美味しい時間の後に、ごちそうさまと手を合わせたえりこさんは、お代をお支払いしたい、といいました。

「だって、とてもとても美味しかったんだもの。——それに、なんとなくわかるんだけど、これがあたしがこの世で食べた、最後のご馳走になるような気がするんだ」

　明るく透き通った笑みを浮かべて、えりこさんは静かにいいました。「それならやっぱり、きちんとお代を払いたいなって。食堂の娘だからそう思うのかもね」

　しかし、えりこさんは生き霊、幽体離脱の身、お金は持っていません。

　なので、えりこさんは、たそがれ堂のサインペンとスケッチブックを借りて、ねここの似顔絵を描きました。可愛く素敵に描きました。

　そして、

「ごちそうさま」

　といって店を出て、肉体の眠る街へと、空を飛んで、帰っていったのです。

空はいつの間にか、夜になって、優しい生き霊は、鳥のように、星空を駆けていったのでした。

えりこさんの姿が消えた後、ねここは彼女の残した絵をじいっと見つめていました。

そこにいるねここは、ほんとうのねここよりも、優しそうで、可愛らしくて、幸せそうにこちらを見ていました。魔物のようではありませんでした。

「全然似てないと思うな」

ねここは頬杖をついて、いいました。「ま、可愛く描けてるからいいけど」

さっき、鯛茶漬けを楽しんだ後、食後のお茶を飲んでいるとき、えりこさんはいいました。

「風早の街、ほんとに好きだったなあ。もうちょっとだけ長く、ここで暮らせると良かったなあって思ってる。——そうだ、気がかりなことがもうひとつあった。駅前商店街のはずれに、小さな古本屋さんがあって、あたしそのお店が、すごく好きでさ。

オタクの心にぐっとくるような、珍しい古本や、絵葉書や、写真集がいつも揃ってて、そりゃあ素敵なお店なの。店長さんが何でも知ってる、仙人みたいなおじいさんで、本のことだけじゃなく、いろんなお話しするの、楽しかったんだ。歴史とか人類とか、哲学とかそんな話。ひとはいかに生きるべきかとかさ。——あたしが死んじゃって、あのお店に行かなくなったら、あの古本屋さん、売り上げが減っちゃって、閉店したりしないかなあ。いや、それくらいのことでまさかとは思うけど、何しろ、ほんとに小さなお店だったたし、あたし、いつもたくさん本買ってたもん。あたしが急にお店に来なくなって、薄情な客だと思いやしないかなあ。それだけが心配で」

あと、パン屋さんも八百屋さんも、小さな映画館も、心配なんだよね。

ひとつひとつ、指折り数えるようにして、えりこさんはいったのです。自分がいなくなった後の、商店街の、いろんなお店やそこで働くひとびとの心配をしていたのでした。

えりこさんが帰った後に、ふらりとそのお店を訪ねた、ひとりのお客様がありました。

あたかも仙人のような風貌の、長い白髪と髭を生やしたおじいさん——そのひとこそが商店街の小さな古本屋の店主で、実をいうと、たそがれ堂の常連のひとりでもありました。

さらにいうと、遠い昔に、海の彼方の仙人の住む地を探して旅立った若者の、その後の姿でもありました。日本や世界を流れ流れて、いまはこの風早の街で、古本屋の主として生きていたのです。

　コンビニたそがれ堂は、人間たちのための魔法のコンビニですが、同時に、この世のものならぬ存在たちのための店でもあります。このおじいさんは、そんな客の中のひとりでした。ふらりと店に立ち寄っては、必要なものを買ったり、イートインで、ほかのひとではないものたちと会話を交わしたり、美味しいものに舌鼓を打って楽しんだりするのです。

　けれど今日の夜のその客は、何もかも事情がわかっている、そんな深く静かなまなざしで、たそがれ堂を訪れました。

　ねここは、そのひとにいいました。

「わたしの側から、お客様に願い事をするのは、これが初めてかも知れないけど、なんとかならないものかしら。――なんていうのかな、あの子が生きていた方が、世界は明るくなるような気がして。少なくとも、この街は賑やかになるわよね。ついでにいうと、あの子の描いた、たそがれ堂の漫画とか、読んでみたいような気もするし」

　ねここが金色のまなざしを、えりこさんの魂が消えていった夜空の方に向けると、老いた古書店の店主は、優しい笑みを浮かべて、そっとうなずきました。

「もともとあのお嬢さんは、うちの店や商店街の、大事なお客様でもあります。えりこさんがいると、辺りが明るく楽しくなる。だから、もうちょっとだけ、長生きしてもらいましょうかね。当たり前に楽しく生きて、年をとって、ひととしての寿命が来る、それくらいの長さまで」

そういうと、いつの間にやら手にしていたねじれた古い木の杖をくるりと回して、夜空に向けました。杖の頭は柔らかな光を灯し、光は弧を描きながら、遠い空へと流星のように飛んで行きました。

「えりこさんには、いまの光に乗せて、わたしの命の欠片をお渡ししました。ちょうどこれが最後の欠片。こういう巡り合わせだったのかも知れませんね」

深い皺が刻まれた顔で、店主は笑いました。

時の流れの中、世界中をさすらい、長く長く生きているうちに、不老不死だったはずのかつての若者は、少しずつ年老いてゆきました。

旅の途中、出会ってきたひとびとに、優しいひとがいれば祝福し、困りごとがあるようなら密かに助け、すれ違っただけの縁が無いひとびとでも、命の危機があるようなら、仙術の力で救ってきました。幾多の天災や流行病、思わぬ事故からも、人知れず、多くの命を救いました。町や村の滅びも救ってきました。失われるはずだった多くの命を、誰にも知られないままに、守り抜いてきました。

気がつくと、そういう旅路を辿っていました。遠い日に手にした力で守るはずだった故郷と懐かしいひとびとを、別れを告げることさえないままに、時の彼方になくしてしまったので、その代わりに誰かを救いたかったのかも知れません。消えてしまうものや滅びてしまうさだめにあるものを、自らの手で押しとどめたかったのかも。そうして、彼が不思議な力で多くのものを救ったということは、誰にも気づかれることがなく、若者は風が通り過ぎるように去って行くだけですが、それでいいと思っていました。誰かに記憶され、感謝されるためにしてきた行いではありませんでしたから。

けれどひとの身のまま仙術を使うのは、魂の欠片をすり減らし、分け与えるようなこと。長い年月それを続けるうちに、若者のからだはいつか少しずつ老いて、ひからび、痩せ衰えていったのでした。

そして、いま、最後の命の欠片を手放して、彼はこの先、そう経たないうちに、いまのからだにふさわしいほんとうの老いが、自分に追いついてくるだろうことを感じていました。

「これでやっと、この世界とお別れができます。魂の行くべきところに行くことができる。わたしの旅は、これでほんとうに終わる――」

いまは老いた若者は、深いため息をつきました。「時の彼方の、どこかの空の、故郷の皆の魂が眠るだろう場所に行くことができて、静かに眠れるのだと思います。

最後の最後に、とびきり素敵なお嬢さんに、魂の欠片を渡すことができて良かった。えりこさんには、わたしの代わりに、この先の未来を生きて、幸せになって欲しいと思います」

優しい優しい笑みを浮かべて、老人はいいました。「時の流れの果てに、こんな終わりが待っていたのなら、それもまた巡り合わせ、これで良かったのかも知れない、と思います。ひととして命を終えることが怖くも悲しくもありません。もともとわたしは自分のためには、どんな力もほしくはなかったのです。

遠い日、仙人の国の仙人は、ひとの世のことを、欲と争いと苦しみにまみれた地、だといいました。たしかにそういうところであることは否めません。――けれどそういって切り捨てるには、この世は、ひとの心は、ときにあまりに清らかで、強くて、美しすぎると思います。

ひとの世は、たしかにいつも欲にまみれ、争いが絶えず、無残な悲劇も多いのだけれど、市井の一角に、誰にも知られないままに、見返りも求めずに、わずかに会話を交わしただけの、子どもの幸福を祈る者もいる。自分がいなくなった後の、街の穏やかな幸せを案じる者がいる。人間というものは、ほんとうに――優しく、強く明るくて。未来に夢を見、託してしまいたくなるものですね」

こんな未来が待っていたのなら、自分は遠い昔に、命を賭けて海へと旅だって良かったと、老人は笑みを浮かべて、いいました。

額に入れた似顔絵を店の中に飾りながら、ねここは呟きました。

「人間って、ほんとにねえ。優しく、強く、明るくて。——それは古本屋のおじいさん、あんたもそうだと思うのよ。まったくね、みんなちょっと優しすぎるのよ」

たそがれ堂のガラスの窓越しに、遠い星空を見上げながら、ねここは口元に小さく笑みを浮かべ、軽くため息をつきました。

「——鯛茶漬け、好評だったから、メニューに入れましょ」

いつかまた、あの子が、この店を訪れることがあるかも知れないし。そのときは、たそがれ堂訪問記を、楽しい四コマ漫画に描いて、持ってきてくれるような気がしました。

空に浮かぶは鯨と帆船

風早駅前の商店街の東側のはずれ、表通りからやや遠ざかった、小学校や古い団地が並ぶような辺りに、小さな公園があります。

その辺りに住むひとしか存在を知らないような、建物と建物の間に、ひょっこりある、空き地のような昔からある場所でした。

朝はラジオ体操をするひとびとがやってきたり、昼休みには近所のお店や会社で働いているひとたちがベンチでお昼を食べていたり。そして、昼下がりから夕方には、近所のお年寄りたちが、東屋《あずまや》がある辺りに集まってきて、将棋や碁、それにチェスにオセロなどをわいわいと楽しむのでした。

十二月のいまは、誰かが持ってきた石油ストーブや火鉢が置かれ、みんなで暖をとりながら、楽しいひとときを過ごしていました。

もともと古い時代に将棋を指すお年寄りたちが集まってきていたのが最初で、時が経つうちに集まるひとが増えてゆきました。世代が更新されてゆくうちに、将棋以外のよく似たゲームも持ち込まれるようになってきました。つまりは、街角の公園で、日々、ゲーム大会が開催されているようなものでした。

毎日、天気がよほど悪いときでもなければ、団地に長く住んで老いたお年寄りや、商店街のご隠居辺りが、三々五々集まってきます。孫の子守を頼まれているお年寄りは、小さい子たちを連れてきたりもします。団地のショッピングセンターの焼き鳥屋さんで焼き鳥を買い、商店街のパン屋さんでパンやお菓子を買ったりして、いそいそと集まってくるのです。

そうして、対戦相手を探したり、ひとが指すのを見学したり、応援したり解説したり、その辺でなんてことのない会話に花を咲かせたりと、賑やかに時を過ごすのでした。

さて、そんな風に集まってくるひとびとの中には、こういった頭脳戦の勝負事に強い、チャンピオンのような常連もいるもので。

たとえば、東屋に置かれたパイプ椅子に、むっちりした足を開いて座っている好々爺《こうこうや》、サンタクロースのような白い髭と丸いお腹のサトウ玩具《がんぐ》店の主人は、自分の膝にまとわりつく、小さな子どもたちを笑顔であやしながら、ひょいひょいと適当に駒を動かしているだけのようなのに、気がつくといつも勝っています。

「あー、また負けた」

今日も床屋のご隠居が、自分の額を叩いて、午後の空を仰ぎました。「なんだよ、サトウの爺さん、なんでそんなに負け知らずなんだよ？　将棋も碁もチェスもオセロも、ぜんぜん勝てねえよ」

ふっふっ、と、サトウさんは盤上を片付けながら、

「すまねえなあ。ちょっとばかし昔から、あれこれ遊んでいるもんでね。鍛え続けて、脳みそのレベルが上がっちまったのさ」

こめかみの辺りを指さし、いたずらっぽく笑ってそういうと、まわりのお年寄りたちも、手を打ち笑って、負けて腐っているお年寄りの肩を叩き、背中を叩いて、「仕方ないさ」と、声をかけます。

「『駅前商店街の猛虎《もうこ》』の名は伊達《だて》じゃないってことさ」

ある例外を除いては、連戦連勝のサトウさんには、そんな二つ名がありました。

サトウ玩具店は、戦後すぐからこの商店街の東の外れにある大きなお店で、玩具店と名乗りつつも、おもちゃだけではなく、愛らしい文房具に漫画に雑誌も置いていて、手品の道具などの雑貨も駄菓子もあり、およそ子どもが喜ぶようなものは何でも売っている素敵なお店なのでした。長くこの街にあって、いつの時代も、たくさんの子どもたちを夢中にさせ、楽しませてきたお店でした。

それからこのお店が素敵なのは、古く壊れたおもちゃの修理もできるということで——いまも、祖母に連れられてきた、小さな女の子が、おしゃべりするうさぎさんのぬいぐるみが壊れたの、と、サトウさんに診てもらっていました。目を赤く泣きはらしています。

「どれどれ」

サトウさんは丸眼鏡をかけ直し、ぬいぐるみと目を合わせました。瞳には液晶が入っていて、電子音が鳴る、どうやらこれは最先端の機械仕掛けのぬいぐるみのようでした。早くいえば、ぬいぐるみの皮を被ったロボットです。

ひっくり返して、背中の電池の様子を見たり。合間に、心配そうに覗き込む女の子に、大丈夫だよ、と、優しく声をかけてあげたり。そうして、手袋をしたように大きな手で、柔らかく優しく、女の子の頭をなでて、

「どんなに具合が悪くても、サトウさんがきっと治してあげるからさ。——今夜一晩、うちのおもちゃの病院に入院させてもいいかな？」

女の子がうなずくと、よしよし、というように笑って、

「明日には治ってるから、店まで迎えにおいで」

女の子の顔が、ぱあっと明るく輝きました。

　まわりのお年寄りたちは、口々に、すごいなあとささやきかわします。おもちゃの故障といっても、電子玩具の類いの修理までは、なかなかできるものではありません。ましてや、自分たちのような年齢の者にとっては。それがサトウさんは、電子玩具どころか、ゲーム機の故障まで直してしまうのです。持ち主の子どもが困っていたり悲しんでいて、なんとかして、と泣きつけば、サトウさんは必ず、その玩具を直してあげるのでした。

　サトウさんは善人で優しく、楽しい話もたくさん知っていて、子どもたちだけでなく、おとなにも好かれ尊敬されていましたが、謎めいたところの多いひとでもありました。みんなと仲良しな割に、腹を割って話せるような感じの付き合いが深い友人はいなそうなこともあって、どうにもプライベートなことはわかりづらいのです。かといって、人間嫌いということはなさそうで、むしろ、ひと一倍人間が好きなようで、困っていそうなひとがいれば放っておかず、いっそ世話焼きなところもある人物でした。ひとの輪の中に、いつの間にか入っていて、ニコニコ笑っている人物でもあります。

　その風貌のせいもあって、実はこっそり日本に住んでいるサンタクロースなんじゃないかと信じて、親きょうだいの耳元にささやく幼い子どもたちもいるくらい。血縁に恵まれないのか、店の二階で独り暮らし。街の若者たちをバイトに雇って、いつも楽しげに店にいますけれど、ひとりになると、ふと寂しげな表情になることも、厳しいまなざしで遠くを睨んでいることもあるとか。

いつも笑顔で、みんなに好かれている割に、自分のことはあまり話そうとしないせいもあって、そもそもどこの出身なのか、元々この街の人間にしては、同窓会に出るような話も、幼なじみがいるような話も聞かず、しかしサトウ玩具店が昭和の時代の、戦後すぐからこの地にあるのはほんとうのこと、サトウさんが古くから店長だったのも、みんなの記憶にあるほんとうのことで——ではこの老人は、いまいったいいくつになるのだろうと、みんな首を捻るのです。なぜって、店が出来たその頃には、店長さんはすでにいまのような、サンタクロースめいた姿をしていたような、そんな朧気《おぼろげ》な記憶を持つひとたちがいるからでした。

太平洋戦争が終わってから、じきに八十年になります。その頃に老人だったのなら、サトウさんはいまはもう百何十歳になるというのでしょう。

そんな人間はいるわけがない、ということで、きっと店を起こしたのは、サトウさんの親類縁者、親か何かで、サトウさんはよく似たその血縁の跡をいつの間にか継いでいた二代目だとか、そういうことなのだろうと——街のひとたちは納得していたのでした。

　さて、サトウさんの圧倒的な強さを再確認して、街のひとたちがいまだ余韻に浸っていた頃、

「さあ、こないだのチェスの続きをしようじゃないか」

　白衣の上にコートを羽織り、肩までの長さの白い髪をなびかせた、老いた女性が、人波を分けるようにして姿を現しました。携帯用のチェス盤を小脇に抱えて、サトウさんの向かいの席に腰をおろします。

「おう、待ってたぜ」

　不敵にサトウさんが笑います。「あんまり来るのが遅いから、負けるのが嫌で逃げてるのかと思ったぜ」

「馬鹿いうんじゃないよ」

　医師は目だけ上げて笑うと、チェス盤を広げ、「あたしが白、あんたが黒。ここまででいったん中断してたよね」

　さくさくと駒を並べ、わずかの迷いも見せずに、途中までの棋譜《スコア》を盤上に再現しました。

「あたしは仕事が忙しいんだ。さくっと終わらせて帰るからね」

「そりゃあこっちの台詞だ」

丸太のように太い腕を組んで、サトウさんはねめつけます。

ギャラリーのひとびとは、おお、とか、ああ、とか声にならない声を上げながら、遠く近くから輪になって見守っていました。

老いた医師は、またの名を「山の手の竜王」。サトウさんに勝てる、唯一の常連でした。このふたりの強くて負け知らずなことといったら、将棋もチェスもオセロも碁も、およそこの公園に持ち込まれる、あらゆるゲームにおいて、負けるあるいは引き分けになることがあるとしたら互いだけ、という、他の常連たちとはレベルが天と地ほども違うような、途方もない強さなのでした。

さて、それから打ち始めたふたりの、その思考の速さとわずかの躊躇《ためら》いもなくゲームを進めることといったら。

ギャラリーのひとびとが、何がどうなっているのやら、まるで把握できないままに、勝負はついていました。

「はい、チェックメイト。あたしの勝ちだね」

サトウさんは、うう、と唸り声を上げました。盤上を睨みつけ、斜めから見たりしてみても、黒のキングが助かる道はないとわかったのか、悔しげな深いため息を鼻か

らもらし、

「ちくしょう。たしかにどうやら俺の負けだ。だが次は、またこっちが勝つからな」

「ふふん。さあ、どうだかね」

白髪の医師は鼻で笑うと、ふと白衣のポケットに手を入れて、スマートフォンを取り出すと耳に当てました。

「わかった。いまからすぐ帰るから」

それじゃあね、と、集まっているひとびとに手を振り、白衣をなびかせて来た方へ帰ろうとする、その様子はどこか映画の主人公めいていて、集まっていたひとびとは、すごい、かっこいいわ、素敵、と口々にいいながら、見送るのでした。

サトウさんは、椅子から腰を浮かせて、

「おい待てよ。いまからでももう一局……」

「患者と病院のスタッフが待ってるから帰る」

「逃げるのかよ」

「誰が」

医師はさっさと対戦相手に背を向けて、山の手に建つ病院の方へと足を急がせるのでした。

古い繁華街である駅前商店街を中心に、それをすり鉢状に囲み、見下ろすように、この街にはいくつかの山の手と呼ばれる小高い丘があります。戦前は、外国から来たひとびとがすまう居留地があったようなところで、名残の洋館が残っていたりするのですが、いまは古い住宅地になっています。その丘のひとつに、彼女が院長である古い子ども病院がありました。戦後すぐからそこにある、規模は小さくとも立派な病院で、医療技術のレベルも高く、この界隈だけでなく、遠くの街までその名を轟《とどろ》かせ、今日までたくさんの子どもたちの命を救ってきている、有名な病院でした。

ひとつ不思議なのは、その病院が戦後にいつどんな風に建ったのか、詳しく知っているひとがどこにもいないということです。その病院は、戦後、焼け野が原になった風早の街の丘の上にいつの間にか在って、多くの傷つき病んだ子どもたちを救いました。ある時期までは、親の亡い子どもの世話をする、孤児院のような役割も果たしていたという、地元にとって大切な、敬愛される病院なのに、できた頃の歴史がまるでわからないのです。

といっても、ここ風早は海を中心に、街の中心部が空襲で焼けた街であり、戦後の混乱も長く続きました。なので、まあそんな感じで、詳しい記録が残らなかったのだろうと、ひとびとは思っていたのでした。元々キリスト教文化が古くから入っていた街ではあったので、その流れもあって、宗教を通して、諸外国からの金銭的な、あるいはさまざまな人的な助けもいち早く入った都市でもありました。何かそういう、舶来の、宗教的な背景を持って生まれた病院なのだろうと、自然に思われていたところもあります。

もうひとつ不思議なのは、戦後すぐの荒れ野を駆け巡り、子どもたちを抱き起こし、救った白衣のひとは、いまの代の院長を彷彿とさせるひとで、実際、残された写真やスケッチの中にいるのは、そのひととうり二つに見える女性だということでした。いっそ同一人物がそこにもここにもいるようで。

その話をすると、院長は面白そうに笑って、

「親戚なんだよ。よく似てるだろう？」

とあっさりと答えるのでした。

それでこの街のひとびとは、納得したりするるのです。――だって、お年を召した院長が、八十年ほども昔のこの街に、いまと同じ年格好で歩いていたはずがないからです。そんなに長く姿も変わらずに、生きる人間がいるはずがありません。

さて、院長先生がチェスでサトウさんに圧勝した後、その場にいるひとびとは、い

や、さすがだ、とうなずいたり、まったく強いよな、と視線を交わし合ったり。

そんな中、サトウさんがいつまでも悔しそうに、ぎりぎりと歯を食いしばっているので、魚屋のおじいさんがその背を叩きました。

「まあ、サトウの爺さん、そこまで悔しがるなよ。いっちゃなんだが、たかだか遊びじゃないか。勝ったり負けたりあっても気にするなって。ましてや、俺らにはよくわからないが、良い勝負だったみたいだしさ」

颯爽と去って行く白衣の背中を睨みつけながら、低い声で、サトウさんはいいました。

「ああ、こりゃ遊びだよ。楽しい遊びなんだが、あいつにだけは、負けたくねえんだよ」

「そんな親の敵みたいな顔でいうなよ」

「――ある意味そんなものなんだよな」

深い色の目の奥に、ちらりと激しい炎のようなものが浮かびました。サトウさんのそばで心配そうに様子をうかがっていた小さな女の子が、怯えたような顔をしました。

サトウさんはそれに気付くと、大きな手で優しく、女の子の頭をなでました。

うつむいて、ふう、と深いため息をつき、そして、顔を上げると、もういつもの柔

和な表情に戻っていて、

「悪い悪い、年甲斐もなく、むきになっちまったな」

あっけらかんとそういうと、「店に帰って、頭冷ましてくらあ。またな」と、弾みをつけて立ち上がり、足早にその場を立ち去ったのでした。

太い腕に不似合いなうさぎのぬいぐるみを抱いて。


街を見下ろす山の手の、林や森が続く中に、木造の洋館があります。綺麗な薄緑のペンキに彩られたその建物は、年月を経てだいぶ古びていても、こまめに塗り替えられ、大切にされて、どこか絵のように美しい姿で、変わらずそこにあるのでした。いまはクリスマスが近いので、見事なリースが玄関の扉に飾ってありました。

さて、まるで風が吹きすぎるような足の速さで、そこ――子どもたちのための病院に帰ってきた白衣のひとがひとり。

玄関の扉を開けてくぐると、受付の女性や、通りかかった看護師たちが、お疲れ様です、こんにちは、と挨拶をしてきます。それに応えながら、木の階段を足早に上がり、二階のナースステーションへ。電話をかけてきた看護師としばし言葉を交わし、飾られたクリスマスの飾りを愛でつつ、その場を離れました。

三階にある院長室に上がろうとして、ふと階段を上る足を止めて振り返ったのは、この階に並ぶ病室の、そのいちばん奥にある部屋に、視線を向けたからでした。

いまは誰もいないその部屋には、つい先日まで利発な少女が入院していました。もういないとわかっていても、部屋を訪ねれば、院長先生、と明るい声を上げる少女と会えるような気がしました。いつも愛らしいパジャマを着て、肩の辺りでそろえたおかっぱの髪を揺らして。本が好きで、学ぶことが好きで、病室を訪ねれば決まって、何か読んでいた、あの子。

(もっとたくさん、本を読ませてあげたかったなあ。読みたいだけ、望むだけの本を。世界中の、過去の本もいまの本も、未来の本だって)

病気のせいですぐに疲れてしまう手と目と、治療のせいで続かない集中と、押し寄せる眠気の波の中で、あの小さな子どもは、本にしがみつくようにして、活字を舐めるように読んでいました。世界を、宇宙を知りたいのだといっていました。

「先生、勉強すればわかるんでしょう？　本を読めば、わかるようになるんでしょう？」

この病院には、ほんの半年ほどしかいなかった子どもですが、よく懐いてもくれていたので、廊下の向こうのその部屋に、もういないようには思えませんでした。

やがて本すら重くて持てなくなり、枕から頭を上げることも難しくなった少女に、いろんなお話をしてあげ、質問に答えてあげたものです。持てなくなった本の代わりに。知識がかたちをとってそこにある、そんな感じで、彼女はできうる限り、少女の傍らにありました。

少女が望むだけの間、いつも病室にいました。彼女の持つ進んだ医学の知識や技術をもってしても、救えない病でした。

病気が進み、腫れて出血する病巣の痛みから少女を救うためのモルヒネの点滴によって、少女が眠りにつき、意識をなくしたそのあとも、彼女はベッドの傍らに立っていました。やがて少女の呼吸が止まり、心臓が鼓動を打たなくなるその時まで。泣いている少女の家族のそばで。

その死の時を見守り、記録していたのに、いまだ少女が変わらず病室にいるような気がしました。笑みを浮かべて、そこにいて、彼女を待っているような。

小さな手の、湿って熱く柔らかな感触は、いまも彼女のてのひらに残っているようで。少し鼻にかかった声も、楽しげな笑い声も耳の底に残っているのに。

むしろ、病室に少女がいないことの方が、不自然であり得ないことのような気がして。

「──まあ、錯覚だけどね」

眉間に白い指先をあてて、彼女は寂しげな笑みを浮かべ、階段を上りました。「そんなことは、わかってる」

ひとは死ねばいなくなるのだということを、何回も見て知ってわかっているのに──二度と会えなくなってしまうのに──それは生まれ育った彼女の故郷の星に於《お》いても、この地球の街に於いても同じだと、わかっているのに──。

（感情と理性はいつだって別物だものな。長い年月を銀河系に存在し、優れた文明を築き上げた、あたしたちにしてもそうなのだ。いまだ揺籃《ゆりかご》の中で眠るような、この星の文化レベル、それとははるかに違うはずが──こと生き死にに関しては、この星に生きるひとびとの持つ思考や感情とまるで変わりはしない。理性で割り切ることが難しい）

院長先生──曜子《ようこ》さんは、思いました。

この星のこの国風に自分でつけた名前は、曜子といいます。曜という漢字は、空で光る、星や月、太陽の灯りのことをいう言葉だとか、たまたま手にした、この国の本で読みました。はるか遠い、星の海からここ地球に舞い降りてきて、ひととして生きようとする自分には似合いの名前だと、その字を飾るように選びました。

三階の、院長室の扉を開け、古く大きなデスクの前の椅子に腰をおろすと、曜子さんは足を組み、椅子の背に体重を預けて、小さなシャンデリアの輝く天井を見上げ、そのまま首を巡らせて、窓の外を見ました。

ガラス越しに、十二月のうっすらと青い空と、病院を包む、針葉樹の森が見えました。――今年もクリスマスが巡ってきて、いちばん大きな樅の木には、病院の職員たちが、飾りをつけ、夜毎に灯りを灯します。そして子どもたちは、病院にサンタクロースが来る夜を楽しみにするのです。この病院には、その昔から、そのひとが訪ねてくることが決まっているからです。

ずっと昔、まだこの風早の街が焼け野が原で、家をなくした子どもたちが多かった時代に、彼女が――遠い惑星の文明由来の、高度な技術によって、小さな病院を丘の上に建てた彼女が、それを決めました。

家族も家もなくし、自らの命すらなくしてしまいそうな子どもたちが、その伝承の老人の訪れを信じるならば、自分もその老人を信じよう、いっそ自分がサンタクロースになろう、と、彼女が決めたからでした。

「だから、この病院に、毎年サンタの橇は来る。ささやかなプレゼントを持って訪うのさ」

最初は彼女自身が、子どもたちに、小さな贈り物を配っていました。まだこの病院から見下ろす街が、一面の荒野のような焼け野が原だった時代です。それから長い時を経て、いまは彼女の病院の職員たちが、サンタの服を着て、お菓子や絵本、何やら可愛らしいものなどの入った袋を背負い、子どもたちの枕辺に、そっと置いてゆくのでした。子どもたちは、大きくなるにつれ、サンタの正体に気付くのですが、そのときには職員と一緒に、小さな子どもたちに、サンタの存在を信じさせようとする仲間になってくれたりするのでした。

「そうだね、気がつけば、あたし自身が、サンタクロースみたいな存在になっているんだろうね。この病院そのものがそうであるといえる。子どもたちの夢を守るために存在する、優しい幻のような」

この病院は、ほんとうにはこの星のこの街に、存在し得なかった病院でした。昭和の時代の、ひどい戦争の後に、彼女が彼女の持つ特別な技術で作り出し、建てた病院。存在の不自然さをも、彼女の持つ魔法のような技術——ひとの心や感覚に干渉する技術——で、巧い感じに誤魔化し続け、維持し続けている、いわば幻影が実在化したような、病院でした。

それを知るものはこの病院では彼女ひとりきり。いまここで働く者も、入院している子どもたちも、ここがそんな不思議な場所だとは、夢にも思わないでしょう。

「それでいいんだよ。一生知らなくていい」

この街に溶け込んで、この街や周辺の街の子どもたちの命を救える場所であれば。

彼女の命がある限り、ここを存続させてゆくつもりに、いつしかなっていました。

「大丈夫。あたしは長生きだからさ。ずっとずっと長く、この病院は在り続けることができるだろう」

彼女の手からこぼれ落ちた命の、ひとつひとつの思い出とともに、永遠にこの地に在ろうと思いました。

彼女は死後の霊の存在というものを信じていないのですが、もしそんな素敵に優しいものが実在していて、彼女に見えないだけだとしたらどんなにいいだろうと思いました。ここで死んだたくさんの命たちとともに、静かにのんびりと暮らして、時を越えていけたら。命たちが消滅したりしたのでなしに、自分のそばにいてくれる、そんな魔法のようなことがあれば、どんなにいいだろうと思ったのです。

逝ってしまったあの少女は、サンタクロースの訪れを楽しみにしていました。今年も美しく彩られた病院のクリスマスの飾り付けを、そっとどこかで楽しんでくれたら、と願いたいような気持ちになっていました。

「願い事、か……」

ふと、この街に伝わる、都市伝説のようなお話、不思議なコンビニたそがれ堂のことを思い出していました。患者さんたちや、その保護者のおとなたち、病院のスタッフに出入りするひとたちまで——この街に住まう、いろんなひとから、そのコンビニの話を聞きました。みんな優しい笑みを浮かべて、楽しそうに教えてくれるのです。

そこには欲しいものや探していたもの、なくしたものが何でも棚に並び、売っていて、いっそありえないような、奇跡の力を持つようなものまで売っているとか。いやいや、そこに辿り着けさえすれば、絶対に叶わないと諦めていた、思わぬ願い事さえ、気がつくと叶っていることがあるとか何とか。

ただ、駅前商店街のどこかの路地の向こうにあるというそのコンビニには、誰でもが行き着けるというものではないらしく。だからみなが、いつかその店に行き着けることを夢見ていました。

逝ってしまったあの少女も、いつか行ってみたいな、と憧れていました。

「願い事は特にないの。でも、おでんが美味しいんだって。わたし、熱々のおでんなんて長いこと食べてないから、食べてみたいの。それでね、店長さんとたくさんお話をするの。いろんなことを教えてもらうの」

そのコンビニは、この街を守る神社の神様が経営しているコンビニで、お店に行けば、白狐の神様が迎えてくれる、人間が大好きな、優しい神様にも会ってみたいのだと、少女はいいました。

あの子なら、辿り着けそうな気がしました。死後も魂というものが存在するのなら、あの子は、軽くなったからだで、その路地に駆け込んでいったような気がします。今頃は、おでんを楽しんでいるのでしょうか。神社の神様にも会って、何か楽しい会話でもしているのでしょうか。

「知りたがり屋のお利口さんだったから、神様を質問攻めにしてるかも知れないね」

彼女は、ふっと笑いました。

(あたしには、神様も、神様が経営するお店っていうのも、よくわからないけれど、こんなあたしでも、もしもそのお店に辿り着ければ、あの子や、死んでいった子どもたちともう一度話したい、話してみたい、なんて願いも叶うのだろうかしらね?)

そういう願い事が叶う品物が棚に並んでいるのだろうか。ええと、品物は何でも五円でいいんだったかな。うっかりたそがれ堂に辿り着いてしまったときのために、駅前商店街に行くときは、いつも白衣のポケットに五円玉を入れておかなければ――。

つい妄想してみて、そして彼女は少し笑いました。きっとそんなお店があったとて、彼女のような人間には辿り着けないでしょう。少しばかり、当たり前の人間とは、生まれついた故郷が違う存在なのですから。

彼女は、ガラス越しの空を見上げて、微笑みました。この星の空の色が好きでした。何回見ても飽きない、綺麗な色だと思っていました。彼女の故郷の星の空の色に似た色だと思っていました。故郷の星の空を見上げたのは、もうずうっと昔の話だから、もはや気のせい、記憶違いかも知れないのですけれど。


ずっとずっと昔。百年も何百年も、もしかしたら千年を超えるほどに昔のこと。大気圏で燃え尽きかけながら、地球に落ちてきた、二隻の宇宙船がありました。

それは長い年月にわたり、銀河系宇宙のそこここで、無数の宇宙船による船団を構成し、戦争を続けてきたふたつの惑星の、そのそれぞれの船団の生き残りの船たちでした。星の海での激しい戦闘の挙げ句、互いの僚船は滅び去ってしまい、わずか一隻ずつの船だけが、宇宙空間にそれぞれの船の乗員ひとりを生かしたまま航行を続け、通りかかった太陽系第三惑星の引力にひかれて、その地表へと落ちたのでした。

燃えながら落下した二隻の船は、おそらくは地上のひとびとには流れ星に見えたことでしょう。なんとか燃え尽きずに地上に落ちた船の中で、彼女は重い傷と火傷を負いつつ生き延びました。船の人工知能も無事でしたが、当分は宇宙に飛び立つことはできないだろうと分析して、彼女に伝えてきました。

宇宙船を山の中に隠し、彼女はさらにその中に隠れ、自らの傷を癒やし、船の修理を始めました。彼女は元々医師であり、技術者でもあったので、そこまで難しいことではありませんでした。ただ、孤独がこたえました。

銀河の果ての知らない惑星にひとりぼっちだったからです。

(母星から、一体どれほど遠ざかったものか——)

船団とともに、母星の在る星域を離れて、敵の船団と戦いながら、長い長い旅をして、一体どれほど経ったものか。広い銀河系の星の海の中、どれほどの距離を旅してきたものなのか。銀河系の中心部をはるかに離れた、辺縁のどこかなのだろうと、それくらいしかわかりません。どれほどの時間をかければ故郷まで帰り着けるのかも。

僚船は全て失い、彼女も宇宙船も傷ついてもう戦えない。泣きたいほど、故郷の星に帰りたいと思いましたが、同時にそれが無理だということもわかっていました。

(そもそもの、旅の始まりがいつだったのかも、記憶が定かではない)

長い長い間、戦ってきました。彼女が生まれる前よりも昔に星を挙げて戦ってきた戦争で、母星では誰でもが、成長して戦えるようになったら戦うものと、そういうものだとされてきました。

あまりに昔からふたつの星は戦っていたので、実のところ、なぜ戦っているのか、その理由は曖昧なものになっていました。それぞれの星に戦いの意味があり、勝たなければいけない理由がありました。長く戦い続けているうちに、犠牲者の数だけ増えてゆき、憎み合う理由も増えてゆきました。きっと初期には模索されていたであろう、戦争終結と和平への道は遠ざかり、もはやありえないものとして、見えないものになっていました。

戦って戦って、宇宙に膨大な死体の山を築いてきた、そんな戦争でした。そして、殺し合いが空しくても、失われてきた命のあまりの多さに、もはや誰も戦争をやめようなどと思うことも、主張することもなくなっていたのでした。――どちらの星に於いても、それは同じだったのですが、それを知るすべも知ったからといってどうなるということもなかったのです。

戦争は科学技術を急激に進化させます。それぞれの母星を離れ、宇宙空間に於いて長く続いた戦いによって、両方の惑星の科学技術は、宇宙を渡る技術、通信する技術を中心に発達してゆきました。どちらの星の宇宙船も、亜空間を渡って、光より速く移動することができるようになり、音声も映像も、どれほど重たいデータでも、瞬時に送受信できるようになりました。

彼女の所属していた船団は、そういうわけで、母星からはるかに離れた宇宙空間を旅していたのです。最終的にどこをどう航海していたものか、その辺りを読み解く技術は、彼女の専門外で、はっきりとはわかりませんでした。

気がつくと彼女は、ただひとりきり、未知の惑星に取り残されたように辿り着いていたのです。

光と緑溢れるこの惑星は、大気に十分な酸素を含んでいました。白く柔らかな雲が大地と海の上に流れ、時に優しい雨を降らせました。

美しい星だと思いました。彼女の故郷の星の空や緑と似ているような気がしました。幸い、この星の空気は彼女の肉体に毒ではなく、酸素を必要とする彼女にはありがたい成分でできていたので、彼女はあるときから、宇宙服を脱いで、船外に出るようになりました。山に湧く水の成分も、肉体に取り入れるのに悪くないものだったので、これで生きていける、と思いました。水に映る彼女の姿は——この星でいう、甲殻類に似ていました。外骨格があり、ふたつの目は突出していて、二本の腕には長いはさみがありました。半透明の鱗《うろこ》で覆われたからだの表面には、光合成によってエネルギーを合成できる細胞が並んでいて、この地の太陽は彼女にはむしろ明るすぎ、暖かすぎるほどでしたので、充分満ち足りる食事をとることができました。彼女の惑星の文化には創造神が存在していて、しかし彼女自身はリアリストの科学者で、神の存在を信じていなかったのですが、自分がとても運の良い星に落ちたのだと気付いたとき、初めてのようにその存在に感謝しました。

彼女は宇宙船とともに、山の緑の中に身を隠しながら、時間をかけて宇宙船の故障と我が身の傷を癒やし続けました。同じ惑星に落下したと思われる、宿敵の星の宇宙船とその乗員のことは気になり、ときにその気配を探ろうとして、神経を尖らせたりもしましたが、こちらを探すような怪しい気配は感じ取れませんでした。あるいは落下とともに燃え尽き、死んだのかも知れない、と思ったりもしました。そもそも彼女が助かったことが、奇跡的な幸運なのですから。

傷が癒えるにつれ、少しずつ、自分がいる惑星への興味がわいてきました。どんな住民が住んでいて、どんな文明を築いているのか。宇宙空間から見下ろしたとき、星の表面に灯りが見えたので、何らかの文明が根付いているのでは、と思っていました。

そして、ある満月の夜、彼女は遠くから風に乗って聞こえてくる賑やかな音に気付いて、そっと山を離れ、音が聞こえる方へと近づいてみました。

その身の気配を消し、見えないようにする技術は、彼女にはごく簡単なものでした。

それほどに進んだ文明に生きていたのですから。

夜闇に灯る柔らかな光のもと、その星の住民たちが集まり、月の光の下で、太鼓を叩き、笛を吹いて、楽しげに踊っていました。笑い声が響き、冗談や剽軽《ひょうきん》な物言いや、おとなたちが子どもにかける優しい声が聞こえ、犬や猫もその場にいて、楽しげに跳ね、吠えたり鳴いたりしているのでした。

彼女の惑星の文化にも、音楽や舞踏はあり、祭という概念もあり――何よりも、楽しげな雰囲気が、知識を超えて、彼女に通じたのでした。後に知ったことですが、それは田畑の実りを喜ぶ秋の祭だったのです。

男も女も、老いたものも子どもたちも、楽しげに踊るその様子が、進んだ文明を生きる彼女には、なぜか自分の星が過去に置いてきた時間をゆったりと生きているように思えて、いつまでも見守っていたのでした。

それから、長い長い年月を、彼女はその惑星の――地球人類の日々を見守りながら過ごしました。言語を分析し、その表情から感情を読み取り、何を考え、どう生きるのか、理解できるようにしました。

最初は暇つぶしと知的好奇心を由来とする観察だったのですが、その日々が長くなるにつれ、愛着のあるまなざしに変わってきました。

生き物としての見た目は違っていても、喜怒哀楽の感情は、共通していました。ともに暮らす家族や、共同体の仲間を愛する想いも。笑い、泣き、怒り、苦しみ、また笑って、互いに笑顔を向け合う日々の繰り返しは、彼女の故郷の星のひとびとと同じでした。彼らの持つ善性は——弱いもの幼いものに向けるまなざしの優しさ、助け合おうと差し出す手のあたたかさは彼女にも理解でき、共感できました。

新しい生命が地上に誕生すれば、彼女も祝福したくなりました。彼女の目にはまだ発達の途上にあると思える文明と文化の中で、育ち行く子どもたちが成体になるまで健康に、命長らえるように、そっと祈ったりもしました。失われる命があれば、遠くから悲しみました。

彼女は何しろ医師でした。命を見守り、傷や病を癒やすのが天職であると自負していた存在でした。自らの傷が癒えてくると、縁あって降り立ったこの星の、同じ地上で生きているひとびとが、健やかに生きることを願わずにはいられませんでした。

それにしても、この惑星に生きるひとびとの寿命の短いことよ。自分たちの星の住人が——長く戦ってきた星の住人も、彼女は何度も、数限りなくため息をつきました。

——かなりの長命の種族なので、生まれたと思うとあっという間に成長し、子をなして育て、老いて死んでしまう地球のひとびとの一生は、あまりにももろく儚く、切ない生命体に思えて、その生涯を見守る彼女は辛ささえ感じました。なぜそんなに駆け足で去るように生きるのだ、と思いました。

彼女は子どもが――幼い存在が元々好きでした。彼女の惑星では、性は三つあり、三つの遺伝子を交換することで子をなす種族でした。彼女はそのうちで子を孕《はら》み育てる性に生まれついていたのですが、戦争のせいもあり、パートナーとの出会いのきっかけもなく、独り身のままでした。なので、見目形は違えども、幼い子どもを抱く、母たちの姿に、気付くと感情移入して、特に深く愛し、見守りたくなっていたのです。

なのに、この星の文明の、医学の進歩の速度は彼女の目から見れば遅く、子どもたちは幼いうちにぼろぼろとこぼれ落ちるように死んでゆき、母親たちは泣くのでした。

彼女には時間が余るほどあったので、見守りながら考えました。子どもたちをこの手で救うことができるのではないか、と。

できる、と思いました。どんな薬でも彼女の知る知識と、宇宙船の人工知能の助けがあれば作ることができる。外科手術も行えるだろう。清浄で文化的な子どもの育て方も、彼女には知識があり、この星の子どもたちの場合にあわせて母親たちに教えることができるだろう、とも思いました。

けれど――。

ここは彼女の故郷ではなく、彼女は異星の客、他の惑星の文明にそんな風に介入することは許されるのだろうかと、畏《おそ》れにも似た感情がわいて、逡巡を繰り返すうち、手をさしのべることがないままに、いつか長い時間が過ぎました。

ゆっくりとした速度ながら、それでもこの星の文化と文明も進んでゆきました。子どもたちも死ななくなってゆき、彼女は以前よりはよほどほっとできるようになっていたのです。

そして長い年月をかけて、ひとびとはやがて、機関車を走らせ、エンジンで動く車を開発するようになりました。沖合には汽船が行き、ついには、飛行機を開発し、空を飛ぶようになり、ロケットを打ち上げるようになりました。いずれは星の世界へと旅立つのだろうなあ、と、この星の、長い長い歴史を見守ってきた彼女は思ったのです。

そして思いました。——最初この星の文明と出会ったときは、遅れた文明だと思っていたけれど、何のことはない、自分たちの星は先に誕生し、成長していただけのこと。旅の始まりが早かったから、より遠くへ辿り着けていただけだったのだなと。どちらが劣るというものでもなく、優れているということもないのだ、と。むしろ、早いサイクルでここまで進化してきた人類は、彼女の故郷の星よりも先に進み、進化の速度をさらに加速させて、故郷の星の文明が行き着けなかった高みまで至ることができるのかも知れない、と。そう思うことは、恐怖を覚えることでもあり、同時に心の奥に高ぶりを覚えるような、素敵なことでもありました。

その頃には、彼女のからだは完全に癒え、宇宙船の修理も終わっていました。もう地球の引力を離れて、星空へ旅立てると思いました。長く宇宙を旅して、故郷の星系を探すことも。

けれど、あまりにも長く、この星のひとびとと文明を見守っていたので、別れが寂しくなっていました。誰と言葉を交わしたわけではない、友人がいるわけでもないのに、この地と別れがたくなっていたのです。まだ帰らなくていい、あと少し、と、自分のわがままを赦しながら、彼女は地球にとどまっていました。

けれど、文明の進化の果てには、やはり彼女の故郷の星と同じに、大規模な戦争が待っていました。

彼女が見守ってきた人里のある街が属する国もまた、攻め込み、攻め込まれ、多くの命を奪い奪われる非道な流れの中に入ってゆきました。

そんなある日のことでした。はるかに遠い、故郷の星から、果てしなく星の海を漂ってきた一通のメッセージがありました。

それは彼女の故郷の星の、あらゆるものを制御し、司りながら生命を見守ってきた、星の精霊のような人工知能が、最期に発したメッセージでした。

宇宙のどこかに存在しているかも知れない、その惑星に生まれた者たちへ、戦争によってついに母星が滅び去るということを、その別れの言葉を伝えたものでした。

人工知能は淡々と、長く戦っていた敵の惑星もまた滅びたと伝えてきました。星々の船団は同時期に互いの惑星の上空に攻め込み、敵の惑星の都市と生命を滅ぼし去って、文明を完全に消滅させて終わったのでした。攻め込んだ船たちもすべて地上に落ち、生きのびたものはいなかったのです。

別れを告げる人工知能のメッセージを読みながら、彼女は自分が故郷の星を見殺しにしたように思いました。もし自分が星に帰っていれば、故郷を救えたのではないかと、そんな妄想をしました。——理性では冷静に、自分の宇宙船一隻がその場にいたとて、星の滅びを食い止めるのは難しかったろうとわかっていたのですが。

「ああこれで、帰る場所がなくなったんだなあ」

故郷を離れた遠い宇宙の、銀河系の辺境の惑星で、彼女はひとり思いました。

その日のことでした。彼女が見守り続けてきた、海辺の街に空襲があったのは。

街を焼いた炎はいつまでも燃え尽きず、すべての生命を燃やし尽くすような勢いで。

翌朝、いまだ煙が燻り、すっかり焼け焦げた街へと、彼女は向かいました。姿を消して、透明な存在になって、灼熱の廃墟を歩いたのです。

そこにはたくさんの焦げた亡骸と、まだ生きているひとびとがいました。親を亡くし、その亡骸の前で煤けて泣いている幼子がいました。

彼女は、廃墟を見回し、大きく鰓《えら》を震わせて、ため息をつくと、この星の人類の姿にその身を変えました。白衣を身にまとった、老いた女の姿に。そして、泣いている子どもに身をかがめ、優しく話しかけると、抱き上げたのです。

「――大丈夫。あたしが助けてあげるから」

誰も死なせたりはしないから。

そして彼女は、廃墟の街を駆け抜け、傷ついた者たちを救い、戦争が終わる頃には、丘の上に病院を建てました。――たぶんこの星のひとびとには魔法のようにしか思えないだろう奇跡も、彼女の星の文明、それを受け継ぐ彼女には可能だったのです。

いままでその地に存在しなかった病院が突如そこに現れたことを不審に思わせないように、その街にいるひとびとの記憶を優しく改ざんすることさえ。

そして彼女は自らの名前を、曜子とつけました。空に浮かぶ太陽、それに月や星、輝くものたちを表す漢字を用い、いまは存在しない故郷の星の記憶も、その漢字に込めて。
星の光を――文明を受け継ぐものとして、救えなかった故郷の代わりに、縁あった
この星の、この街のひとびとを救う、その誓いを込めて。

「――できることには、限りがあったけどね」
この手で全てを救いたくても、所詮少しだけ進んだ文明を受け継いだ異星人でしか
ない曜子さんには、癒やせない怪我も病気もありました。
(あたしたちの惑星が持っていた文明は、光の速さより速く、はるかに遠く星の海を
旅することができたし、ひとつの星の文明を滅ぼし去ることができるほどの武力さえ
持ち合わせていたけれど――異星の幼いものの命を救うだけの力は持ち合わせていな
い。
あたしたちができることには限りがある。あたしたちの手には、奪うこと、滅ぼす
ことはできるのに、与えることはできないんだ)
十二月の空を見上げて、呟きました。
「――神様がいれば、良かったのにね」
優しい奇跡を起こし、生ある者を慈しむ存在が、この宇宙にいてくれれば。――自

分がそんな存在の実在を信じることができれば、どれほど幸せだろう、と思いました。

　ふと、「あいつ」は、神様の存在についてどう思っているのだろうか、と思いました。

『駅前商店街の猛虎』こと、サトウ玩具店のサトウさんです。

「単純そうな人物だし、きっとそんな複雑な文明で育っちゃいないだろうから、こんな哲学的な事柄は考えたことも悩んだこともないのかも知れないな。見た目の通りに、粗野で単純なのに違いない」

　うらやましいことだ、と、鼻で笑います。

　思えばあの人物とは、忌々しい腐れ縁のせいで、長い長い付き合いですが、公園で対戦するだけのやりとりしかなく、ろくに言葉を交わしたことはありませんでした。

「武器がわりの廃材は交わしたことがあるけどね」

　昔、戦後すぐの焼け跡で遭遇したときに、真夜中のひとのいない廃墟で、そこにあった廃材を摑み、殴り合ったことがあります。おそらくはそこに拳銃なり刃物なり、武器が落ちていたら、本気で殺し合っていたろうと思います。

　それよりもずっと昔に、互いの乗る宇宙船で撃ち合ったことも、宇宙空間で殺し合ったこともあるのですから。

「だけど生憎、あたしたちのからだは頑丈にできているものだから、廃材やらこの星の武器やらで殴り合い撃ち合っても、わずかも傷つきゃしないのよね」

曜子さんは白衣の肩をすくめました。

この地球人の姿は幻影、ほんとうの姿は、外骨格に覆われた肉体だからかも知れません。地球の生き物の、哺乳類の柔らかなからだとは出来が違うのです。ダイヤモンド並みの硬度を持つ外骨格は、弾丸さえ撥《は》ね返します。筋力も強いので、地球製の刃物なら、指で――はさみではさめば、ぐにゃりと曲がります。

「宇宙船で交戦でもしないと、勝負がつかないのよね」

そう、同じ時、同じ惑星に落下した、宿縁の敵の異星人が同じくこの星の住人の姿に身を変えている、それがあのサトウさんだったのでした。

どういう事情があったものか、サトウさんもまた、焼け跡になったこの街にいきなり存在していて、曜子さんと遭遇したのでした。

最初は、噂話で知ったのでした。どこからともなく、風早駅前辺りの焼け跡にやって来た力持ちの老人がいる。サンタクロースのような風貌のその老人は、空襲で倒壊した建物に生存者がいれば、信じがたい怪力で瓦礫《がれき》を砕き、あるいは脇に除《よ》け、掘り起こして、きっとひとを助け出すらしい、と。

食べ物がなく飢えて泣く子どもがあれば、どこからともなく食料や水を調達してきて、笑顔で差し出し、頭をなでてくれる、と。

最初聞いたときは、そんな人物が実在するのだろうか、と疑いました。きっとあまりにひどい状況下で生み出された優しい幻、都市伝説のようなものなのだろう、とも。

そして、こんな噂話もありました。負傷し、病んで苦しんでいる子どもがあれば、抱きかかえ、病院を探して、連れて行ってくれるのだと。

そう、そんな風にして、異星人ふたりは、彼女の病院で再会したのでした。——傷ついた子どもたちを抱えた白髭の老人と、廃墟の丘の上に建つ小さな病院で、医療活動を行う老いた医師として。

診察室で出会ったとき、一目見て、曜子さんは、サトウと名乗る老人の素性に気付きました。遠隔操作でデータのやりとりができる宇宙船の人工知能に送ったデータを、すぐに人工知能は分析し、老人の本体の姿を——三つ目の熊のような姿をして、二対の腕を持ち、鋼の鎧を身にまとった姿でした——彼女の視覚に伝えてきました。

それはおそらくは、相手方も同じだったのでしょう。最初、診察室に入ってきたときは、柔和な笑みを浮かべ、挨拶した老人が、彼女の姿を確認した途端、無表情になったからです。きっと同じ変化は彼女の方にも起きていました。

互いに見つめ合った、一呼吸ほどのタイムラグの後に、サトウさんは、曜子さんを警戒するようなまなざしで見つめ返してきたのです。

でも彼のその腕には、ひどく傷つき、傷が膿《う》んで高熱を出している、地球人の子どもたちがいました。泣く元気すらなくした、死にかけた子どもたちが。

曜子さんは、琺瑯《ほうろう》の盥で手を洗い、子どもたちの手当てをし、薬を調剤して渡し、そして、その子たちを大事そうに抱いて連れ帰るサトウさんを見送ったのです。

そしてその日の深夜、月が煌々と美しい焼け跡の廃墟で、曜子さんは、捜し当てたサトウさんと向かい合ったのでした。サトウさんは、眠ることも休むこともなく、廃墟をさすらって、生ある者を探しているようでした。わずかでも息があれば、きっとこの手で生の世界に引き戻そうと、心に決めているようでした。

曜子さんは思いました。彼女の故郷の惑星のひとびとを無残に殺した惑星の者が、こんなに優しく、異星人の命を救おうとするとは、と。当惑した、というのが実際の感情でした。

荒野と化した街に、ひとびとが、疲れ果てたように眠る、静かな夜。ほこり交じりの風だけが吹きすぎる、ひとの気配のない深夜に、ふたりの異星人は、そこに転がる木材や金属や——壊れた家々の欠片の廃材を摑み、殴り合い、やがてその手を止めたのでした。

　夜風に白い髭をなびかせながら、サトウさんは吐き捨てるようにいいました。「いまだけは見逃してやる」と。

「おまえは故郷の星の敵だが、なぜだかいまはこの星で、医療の力で子どもたちを救っているらしい。街の噂になっているからな。廃墟に舞い降りた天使か女神のようだと。どんな気まぐれか知らないが、そんな風にこの地のひとびとに役立つならば、無下に打ち殺す必要もない。ほっといてやる」

「それはこっちの台詞だよ。しばらくの間は、ここに存在することを許してやろう」

　廃材を傍らに置いて、曜子さんは不敵に笑いました。地球人の表情を作るのも、だいぶうまくなっていました。

　サトウ老人は、低い声でいいました。

「だが、宿年の恨みを忘れたわけじゃない。もはや故郷の星は滅び去り、この怨念を受け継いだのは、この宇宙で俺ひとりになったのかも知れないが、だからこそ、忘れるわけにはいかないのだ。おまえはいまは善人のようなことをしているが、きっといつかは非道な本性を現すかも知れないと、そう思って見ているからな」

　おや、と曜子さんは思いました。故郷の星が滅んだということを、この異星人も知っているのだな、と。思えば、文明と文化の進化がほぼ同レベルの星同士のこと。曜子さんが故郷の星からの最期のメッセージを受け取ったように、こいつもこいつの母星からの別れの言葉を、なんらかの形で受け取っていたのかも知れません。

曜子さんは、答えました。

「あたしも同じ風に思っているよ。地球の、この善良な星の子どもたちを裏切ったりしてみたら、あんたの命はないからね」

「それこそ、俺の台詞だぜ」

ふたりは互いににらみ合い、そして、背中を向け合って、その場を離れたのでした。

それから程なく敗戦の日が来て、日常は少しずつ平穏を取り戻し、焼け跡にはまるで傷が治ってゆくように、街が復活していったのでした。

そんな中で、曜子さんは、周囲の地球人たちの記憶や知覚にたまに干渉し、自分たちの存在の不自然さを誤魔化しながら、ひとびとを見守り続けたのでした。長く、長く、街の傷跡が癒えてゆくのを見守っていたのでした。もはや帰る星はなく、他にすることもしたいこともなく、ただそうしていることが、気がつくといつか使命のようになっていました。言葉にはしなかったけれど、サトウさんも同じ気持ちだったのだろうかと、曜子さんは思うこともありました。そのたびに、いやまさか、と心で否定してきたのですが。

そんなあるとき、商店街の公園で、街の年寄りたちが、将棋を楽しみ始めました。曜子さんはそういうゲームが好きだったので、遊び方を覚え、やがてひとびとの中に交じって楽しむようになりました。もともとこういったことは得意だったので、あっという間に強くなりました。そしてそれは、サトウさんも同じだったのです。常連の中に加わり、同じように強くなり、そして曜子さんと対戦するようになりました。

最初は、こんな故郷の星の敵とゲームで楽しく遊べるものかと思いました。きっとそれは、サトウさんも同じだったろうと思います。苦虫をかみつぶしたような顔をしていましたから。けれど、狭い町内で、互いを避け合うのは不自然です。不承不承の対戦も数を重ねました。同じ程度の強さでもあり、対戦の機会も増えてゆきます。

碁にチェスにオセロにと、新しいゲームが持ち込まれるごとに、ふたりはその遊び方とルールを覚え、同じように強くなり、対戦の回数を積み重ねました。

そして、言葉には出しませんでしたが、時折、相手の強さに惚れ惚れとして、うまいものだな、と、唸ることもあったのです。

でもそのわずかな瞬間の後、目の前にいるのは故郷の星の敵で、悪逆非道の殺戮を繰り返してきた敵の生き残りなのだと思い出し、許してなるものかと憎しみの想いを心に蘇らせてきたのでした。

そんな日々が長く続き、そしていまになりました。地球上には争いも悲しい出来事も病の流行もあり、そんなもろもろに心を痛め、できる範囲で命を救いつつも、この街で正体を隠したまま、異星人たちは暮らし続けていたのでした。

「宇宙人と友達になりたいっていって、あの子はいっていたなあ」

見送った女の子のことを、曜子さんは思います。本が大好きで、知りたがり屋だった少女は、あるときベッドで曜子さんに訊いたのです。

「ねえ、先生、空飛ぶ円盤って、ほんとうにあるのかな？　宇宙人は、地球にほんとうに飛んできているのかなあ？」

「そうねえ、どうかなあ」

曜子さんは笑って誤魔化しました。――空飛ぶ円盤なるものは、知識として知っていて、動画も写真も見たことがありましたが、本物の宇宙人の目から見れば、どれも真実味が乏しいもののように思えました。

女の子は、いいました。

「あのね、わたし、宇宙人に会ってみたいの。お友達になりたくて」

「――怖くないの？」

「全然。だって、遠くの星からはるばる地球に来られるくらいに進んだ文明を持っている宇宙人なら、きっと平和で穏やかなひとたちだと思うもの。地球の文明なんか子どもみたいに思えちゃうくらい、進んだ文明なんだと思うんだ。きっとその宇宙人さんの星では、地球みたいに戦争なんてないの。みんな優しくて、平和で仲良しなんだと思う。地球人のわたしなんかと友達になってくれないかも知れないけど、お話ししてみたいな」

その星の暮らしのことや、宇宙のこと、空飛ぶ円盤で旅するのはどんな気持ちなのか、そんなことをたくさん訊いてみたいのだ、と、女の子は病床で目を輝かせました。

「──でも地球には悲しいことが多いし、こんな遅れた文明の、野蛮な惑星の子どもと話なんかしたくないっていわれちゃうかも」

女の子はため息をつきました。その子が昔の戦争の話を本で読んでは苦しみ、いまの世の戦争のニュースを見ては哀しみ、静かに泣いていることを、曜子さんは知っていました。

曜子さんは、ただ女の子の頭をなで、肩を抱き、そしていいました。

「きっと、宇宙人もあなたのことを好きになると思うよ。だって、あなたはとってもいい子だもの」

いま彼女は、空になった腕の中を見つめ、うっすらと涙を——地球人のように流しました。

「あの子を救ってあげたかったな」

星の海を行くほどの文明を築き上げていたのに、彼女の故郷の星由来の医学では、ひとりの子どもの命を救えなかった。

てのひらからこぼれ落ちるように、多くの子どもたちを救えなかったのです。

「星を滅ぼすほどの、力を持っていても、地球の空にやって来るほどの文明を持っていても、何もできやしなかったんだ」

その日の夕方、急に予定が空いて、時間ができたとき、曜子さんはふらりと丘を降りて駅前商店街に足を運びました。

十二月の賑わいと、クリスマスの飾りに彩られた商店街の、そのどこかの路地に、魔法のコンビニへの道があるのだろうか、とふと思いながら。そんなものがあるわけがないとわかっていても、夕まぐれの薄闇の中、どこかに異界への扉が開いているかも知れない、開いていてほしいと、かすかに祈りながら。

同じ夕方。サトウ玩具店の店の中で。

異星人のサトウさんは、うさぎのぬいぐるみの修理をしていました。

店内はクリスマスの装飾で賑やかに彩られ、クリスマスツリーは売り物も含めて、まるで森のように、電飾やモールが輝いていました。

いまの時期はおもちゃ屋さんにとっては、最高の晴れの舞台、置いてある品々は、お人形もぬいぐるみもゲーム機も、みんな得意気にそこにあるのでした。

「これくらいの故障、ちょちょいのちょい、というものだな」

うさぎのぬいぐるみの電源を入れ直して、サトウさんはうさぎと顔と顔を見合わせて、にっこりと笑いました。

これで明日、このうさぎを預けた女の子の笑顔を見ることができるでしょう。

サトウさんは、子どもの笑顔が何より好きでした。彼の故郷の星では、子どもたちが何より大切にされていました。歴史的にそういう文化を持つ星だったのです。性別はひとつしかなく、単体で子を産み育てる肉体を持つ彼らの星は、いつもたくさんの子どもで満ちあふれていました。みなが自分の子どもを産み育て、社会全体で子どもを見守る星でもありました。星にはいつも、子どもたちの笑い声や、楽しげな声が満ちあふれていました。

子どもは平和の象徴であり、未来への希望をもたらすものでした。けれど長い長い戦争が続き、母星への攻撃もあったことから、子どもたちを守るために、彼もまた兵士のひとりとして、出兵していったのです。

彼自身は――もちろん敵の惑星に対して、恨みの念や敵愾心《てきがいしん》は持っていましたけれど、職業が子どもたちの学校の教師だったこともあり、内心ではなんとかして相手方の惑星の民を理解できないものかと考えることもありました。

けれど、心もからだも疲弊しきるほどに長い戦いが続き、銀河系の端までも船団とともに転戦していった挙げ句、気付くと自らの船だけを残して、味方の宇宙船団の船たちは大破し、あるいは行方知れずになり、そして彼の船は、見知らぬ青い惑星へと落下していたのです。敵方の船団の船一隻とともに。二隻の船はともに燃えながら、地表へと落ちてゆきました。

敵の船が燃えていることを、宇宙船の人工知能が伝えてきたとき、彼は上昇してゆく船室の温度に耐えながら、ふと、

(生きていてほしいものだな)

と思いました。

なぜ敵の惑星の民の操る船を見てそう思ったのか、その無事を祈ったのか、自分でもよくわからず、一瞬混乱したのを覚えています。

たぶん、母星をはるかに離れた銀河系の辺境で、自らの属する船団が壊滅したことと、敵方の船団もまた同じ運命を辿ったことが頭にあって、これ以上死を見たくないと思ったからかも知れないと、いまは思います。

ただあまりにも昔から戦い続けてきたことの、そのあまりの歴史の長さが残した怨念は深く、たちまち心の深いところからわき上がってきて、

「燃え尽きてしまえば良いんだ」

と、打ち消すように思ったのでした。

その後、何とか着陸した地球の街の、海の中で、宇宙船とともにひっそりと海底に沈みながら、彼は自らの傷と宇宙船の故障を時間をかけて治し、直しました。

傷を癒やしながら、故郷の星に帰ればまた戦いの日々が始まる、そのことに内心苦痛を感じていました。実際には戦場に立てば、勇気も戦意も戻ってくるとわかっています。けれど、こうして戦場から引き離されてみると、自分の心も肉体も、死を恐れ、暴力を嫌っていることに気付いていました。理性では、平和を守り、子どもたちを守るために、母星へ帰り、戦場に戻らねばいけないとわかっていても、心と肉体は逃げ

たいと叫んでいました。

だから彼は、傷も故障もまだ良くならないから、と言い訳をしながら、無意識のうちにゆっくりと治療と修理を進め、同時にこの星の文明を担う人類の文化を研究したり論文をまとめたりし始めました。いつかこの戦争が終わったとき、母星で子どもたちに教えてあげたら喜ばれるだろう、と思いながら。

身を隠して見守る、地上の海辺の里に住むひとびとの平和で楽しげな日々は、彼にとって癒やしになりました。

文明と文化が成長し、進化してゆく様子は、元は歴史学徒であった彼にとって、興味深い、心躍るものでもありました。そして時折、地球人の姿に「化けて」海の上の街を散策するとき、そこで見る地球人の子どもたちの笑顔や、楽しげな笑い声は、故郷の星の子どもたちのそれとどこか似ていて、澄んだ瞳も、やはり似ていて、彼はこの星の子どもたちのことをも、優しい目で見守るようになったのでした。

そのうち、はるかに遠い宇宙の果ての、母星の、軍の総司令部からの最期の通信が届きました。途切れ途切れの声曰く、母星は敵の総攻撃によって間もなく滅び去るであろう、と。けれど、ほぼ同時刻に、敵方の星もまた、我が星の攻撃によって生命の住めない星になることは確定している、と。

母星からはるかに遠い星域にいる彼の属する船団が、故郷の惑星の、唯一の残存する戦力であると通信は告げ、相手の惑星の船団も、その星域にある船一隻だけを残すのみだと、彼に告げました。

『貴君の船がこの宇宙に生存している限り、この長い戦争は我らの勝利である。必ず、生き延びるように』

それきり、通信は切れました。

「――それのどこが勝利なんだ」

彼は熊のような顔の、三つの目から、赤い涙を流しました。哀しみが募ると、彼ら一族は、目の周囲の毛細血管が裂けて、熱い血液がそのまま目から溢れるのでした。戦争の間、僚船が大破し、故郷が燃えたと聴かされる度に何度も流した赤い涙を、彼はまた流しました。

「そんな空しい、勝利があるものか」

二つの惑星で、数え切れないほどの生命が絶えてしまったのだと思うと、過去からの敵方の星に持っていた恨みさえ、空しさと哀れさの前に薄れてゆきました。

母星が滅びるというそんなときに、こんな銀河の辺境の見知らぬ星の海の中で、ひとひとり助けに行けないことに、無力感を感じました。なぜ母星に帰らなかったのかと、赤い涙を流し被毛を血に染めて自らを責めました。その場にいたら、子どものひとりでも救えたかも知れなかったのに。

母星に残してきた、彼の生徒たちの愛らしいふわふわと毛並みに包まれた姿を、澄んだ瞳を思い出して、彼は泣きました。

「きっと、先生が皆を守ると誓ったのに」

約束は果たせなかったのだな、と思いました。自分はなんと無力だったのだろう、と。

そんな折、見守ってきた海辺の街が、戦争に巻き込まれ、戦火に包まれました。

呆然とした彼は、地球人の姿になり、焼け跡の街へと、足を運びました。そこに命があれば、ひとりでもこの手で助けることができれば、と願いながら。

そしてそれきり、地球人の街で暮らすようになり、そして、自分のように生き延びて、地球に落下した敵の惑星の船の乗組員と出会い。そして——いまに至ります。

「長い時間が経ったような、あっという間だったような」

彼は、ふと笑みを浮かべました。

店に並べたおもちゃたちを、ゆっくりと見回します。点滅する光を放つツリーを満足げに見つめます。

彼はクリスマスが好きでした。この姿、白髪に白い髭の老人の姿をとったのも、この星のサンタクロースの伝承が好きだったからに他なりません。

年に一度、冬の夜に子どもたちの枕辺に贈り物を届ける、優しい老人の物語。トナカイの橇に乗って夜空を駆ける、その老人のことを思うと、彼の心はぬくもりに包まれるのでした。地球人は、なんと優しい存在を心のうちに住まわせているのだろうと思うのです。

「いやほんとうに、サンタクロースは、世界のどこかにいるのかも知れないけどね」

そのひとの存在は、どこか、コンビニたそがれ堂に似ているような気もします。この街に住むひとびとが信じている、街を見守る優しい神様の経営する、奇跡と魔法のコンビニエンスストアに。

「きっと、その店は、この世界に在るといえば在るし、ないと思えばないんだろうなあ。在ると信じていれば、いつか辿り着けるお店で、そしてそのときには不思議な奇跡が起きるんだろう。そのひとのための優しい魔法が、訪いを待っている」

素敵な話だ、と彼は思いました。

そしてふと――ふと、商店街の路地をのぞいてみようかと思ったのです。自分のような異星の客でも、クリスマスが近いいまのような時期は、優しい奇跡が起きて、その路地に紛れ込めるような、そんな楽しい予感がしたのでした。

黄昏時の、駅前商店街の路地の奥に、曜子さんは、不思議な空間を見つけました。

この街のひとびとに何度も聞いてきたとおりに、夕暮れの色の空に並ぶ、鳥居の群を見て、昭和の時代にあったような風に鳴る電線を見て、線香の香りが混じる冷たい風に吹かれた後に、夕焼けのような色に光る灯籠のような灯りを見つけ――そして、曜子さんはコンビニたそがれ堂と出会ったのでした。

（こんなことって――）

曜子さんは、呆気にとられながら、明るい店内に足を踏み入れました。

店の中には、楽しげなアレンジのクリスマスソングが流れ、クリスマスツリーが飾られていました。棚に並ぶ品々にも愛らしい飾りつけがしてあって――。

「いらっしゃいませ」と、店の奥にあるレジの中から、声がかかります。「遠い宇宙の彼方から、ようこそ」

澄んだ声のその若者は、銀色の長い髪をして、赤と白のしましまの制服に身を包んでいます。揃いの制帽も、よく似合っていて、その様子はまさに、何度も話に聞いた、この店の店長の、そのとおりの姿で。

この星の春の日差しのような照明の灯りに照らされながら、彼女は一歩一歩店内に、レジの方へと足を運びました。

店長さんは——この街の神様は、何の陰りもない、優しい笑みを浮かべていました。その笑顔も、金色の瞳も、この星の太陽の光のようでした。

「ああ、コンビニたそがれ堂は、ほんとうにあったんですね」

彼女は素直にそう思い、口にしました。リアリストである彼女には、この目で見、経験したものを疑う気持ちはありませんでした。

神様は、楽しげな笑みを浮かべました。

「あなたの目にここが見えるならば、それはほんとうのことなのです。あなたの足が、この店の床を踏むならば、このお店はこの宇宙にたしかに実在する場所なんですよ」

信じてくださってありがとうございます、と神様は、いいました。

そして神様は、彼女に訊ねました。

「さて、お客様、何をお探しですか？　どんなものでもご用意いたしましょう」

「あたしは——」

なんと答えようと思ったとき、店の棚の陰から、子どもがひとり、ひょっこりと姿を現しました。ピンク色のパジャマの上にエプロンを掛けたその子どもは、曜子さんの姿に気付くなり、飛び跳ねるようにして駆け寄り、抱きつき、ぎゅっと抱きしめました。

「先生、会いたかった」

そういって。

彼女は身をかがめ、すくいあげるように、女の子のからだを抱きしめました。

地球人風に泣き笑いして、そして、店長さんを振り返って、いいました。

「あたしには何も、欲しいものはありません。探しているものも、もうないんです」

強く子どもを抱きしめて、笑顔でそういったのです。

女の子は、コンビニたそがれ堂で、「お店のお手伝い」をしながら、ずっと店長さんや、店員さんとお話をしているのだといいました。

「話すことも、訊きたいこともたくさんあるの。だからずうっと、お店にいるんだよ」

ベッドに寝ていた頃の女の子しか知らない曜子さんにとって、明るい表情で、血色の良い頬で笑うその子の姿は、何よりも見たかった、けれど想像することさえできなかった、そんな姿でした。

　聡い女の子は、店長さんと曜子さんの会話から何かを察したらしく、店長さんからも耳打ちされて、曜子さんが宇宙から来たひとだということを知りました。すごいすごい、と飛び跳ねるように、曜子さんにまとわりついて、いいました。

「やっぱり、地球には宇宙人が降りてきていたんだね。遠い星から来たの？　先生はどんな宇宙船に乗ってきたの？　やっぱり円盤？」

　そして得意そうに、院長先生は普通のひとじゃないってわたしにはわかってたの、といいました。

　店長さんが楽しげに訊きました。

「院長先生、せっかくここにいらしたんですから、何かお飲み物でもいかがです？」

「そうだよ、先生、何か飲んでいけば？」

　そういわれればそうだな、と曜子さんは思いました。考えてみれば、病院のみんなや街のひとたちに、たそがれ堂に行ったんだよ、と自慢話をするときに、欲しいものがないから何も買わなかったんだよ、と話すのもつまらないような――。

　そして、白衣のポケットには、ちゃんと五円玉を入れてありました。

「先生、ほらメニュー」

　女の子が、手書きのメニューを曜子さんに差し出しました。

美味しそうな軽食や飲み物があるようです。どれどれ、と眺めていると——おや、アルコールのメニューもあるようで。アルコールの成分を、彼女は好いていました。地球人と同じに良い感じに酔えるのです。

「あら、獺祭《だつさい》がある。これがいいや、獺祭の、スパークリング」

かわうその祭り、という愛らしい名前を持つその酒を彼女は見つけ、注文しました。

「はいはい、かしこまりました」

店長さんは、にこにことバックヤードに下がって行きました。そして、よく冷えたその酒を、びいどろのグラスに注いで、曜子さんが座るテーブルへと出してくれたのは、愛らしい小さなかわうそたちでした。たまにお店に遊びに来るのだと、女の子がいいました。

ニホンカワウソは、絶滅したらしい、と、曜子さんは知っています。そんなかわうそでも、この店には出入りするのだな、と思いました。

さて、ちょうどその同じ頃、クリスマスの灯りに彩られた駅前商店街を、サトウさんは散歩していたのですが、ふと、耳につけた小さなヘッドセットから自分を呼ぶ声に気付きました。——海底にその身を潜めている、宇宙船の人工知能からの呼びかけでした。

「──なんだ、どうした？」

物陰で、そう問いかけると、船の人工知能は答えました。

『彗星が、地球に近づいてきています。三ヶ月後には、最接近する予定です』

長い尾を持つ星の姿を想像して、彼はのほほんと、それは良かったな、と思いました。

この街の子どもたちも喜ぶでしょう。目視できるほど接近するならいいな、と。ここはひとつ、天体望遠鏡を用意しなくては。

「その彗星はどんな軌道で地球に接近するのか、調べてくれないか？」

歩きながら、彼は小声で人工知能に頼みました。

そしていくらか会話を交わすうちに、彼は立ち止まりました。道を歩いていたひとたちが、急に足を止めた彼に驚いたり、ちょっと腹を立てたりしながら、通り過ぎて行きます。

（なんてことだ）

彗星は地球に激突する可能性が高いと、人工知能は告げました。ほんの小さな隕石でも、大きな被害をもたらすものを、人工知能が分析したとおりの巨大な彗星ならば、この星にどれほどの災いをもたらすことでしょう。

（地上の文明も、衰退するほどの被害が出るかも知れない。どれほどの命が失われるだろう――）

そしておそらくは、地球の文明はまだそれを避けるレベルには達していないのです。

（どうしたらいいんだ、いったい……）

途方に暮れたまま、ぼんやりと歩き始め、うつむいて足を運ぶうちに――。

気がつくと、見知らぬ路地に迷いこんでいました。

（こんな路地、あったかな……？）

夕暮れの薄闇が満ちてきた静かな路地の、その木の塀の向こうの空を見上げると、無数の鳥居の影が浮かび上がっていました。


「まさか、そんな――」

こんなことがあるなんて、と思いながら、サトウさんは、路地をさまよい歩き、やがて灯籠の形の灯りを見つけ、コンビニたそがれ堂へと辿り着きました。

ガラスのドアを開けると、「いらっしゃいませ、宇宙からのお客様」と、楽しげな声がかかり、奥にあるレジのカウンターに、長い銀髪の店長さんがいるのが見えました。店内には陽気なＢＧＭが流れ、クリスマスツリーが色とりどりの光を灯し――。

そして――。

レジカウンターのそばのイートインスペースに、あの山の手の子ども病院の院長先生が、宿敵だった異星人がいて、ご機嫌な様子でお酒を飲んでいたのです。隣には、可愛らしいエプロン姿の女の子がいます。――どこかで見かけたことがあるような、と思ったので、この街の子どもかも知れません。きっと、サトウ玩具店に玩具を買いに来たことがあるのでしょう。

サトウさんの方に視線を向けた院長先生は、一瞬だけ、こわばった表情になりましたが、すぐに、まるで氷が溶けたように、優しく明るい表情になりました。

「せっかくたそがれ堂で会えたんだもの。いまだけは休戦ということにしよう。美味しい飲み物があるよ。飲んでいかないかい？」

レジカウンターからも、

「さあ、どうぞどうぞ」

と声がかかります。

サトウさんは途方に暮れていたので、気力もなく、呼ばれるままに、イートインコーナーに新しく置かれた椅子に腰掛けました。

彼もまた、アルコールを美味しいと感じるたちだったので、同じく獺祭を頼み、かわうそたちの愛らしさについ笑ってしまい、パジャマ姿の女の子と他愛のない会話を交わすうちに、気持ちもほどけてきて。

そして――。

気がつくと、じきに彗星が地球に追突するのだということを、院長先生に話していました。

うつむき、指を組んでいいました。

「俺の宇宙船は、熱エネルギーをいっぱいに補給することができる。太陽光線をいっぱいに蓄えて、彗星の核を目指して突入すれば――もしかしたら、わずかでも軌道を変えられないかと考えたんだが……」

深い息を吐きました。

院長先生が訊き返しました。

「でも、それをすると、宇宙船もあんたも、地球のこの街に帰ってこられないんじゃないかい?」

「まあ、そうなるかな、と」

サトウさんは、深いため息をつきました。「でもまあ、話してるうちに、気持ちが決まったかな。地球人類にこの衝突を避ける技術も知識もない以上、俺がどうにかするしかねえかな、みたいな」

にっこり笑って、顔を上げました。

「少しでも大きく、彗星の軌道を変えてみせるぜ。クリスマスの地球への贈り物って感じかな。長い間、楽しい時間をここで過ごさせてもらったし。いや、楽しかったよ。ほんとうに、楽しかった」

心の底からそう思っていました。「俺が少しでも未来に生き延びることが、俺の星の勝利だ、みたいな考え方があるのかも知れないけど、俺はそれよりむしろ、他の星の住民を救うために、自分の命を差し出す、その方が、自分の星の文明の終わりにふさわしい、誉《ほま》れ高いものになるような気がするんだ。長い長い戦争の終わりは、そちらの星の勝ちってことになるかも知れないけどさ。勝ちは譲るよ。

その代わり、俺がいなくなった後の、この街と、この星を頼むよ。よろしくな」

サバサバとした思いでそういうと、彼は椅子から立ち上がりました。

片手を振って行こうとすると、

「ちょっと待てよ」

院長先生が、むっとしたような顔で、声をかけました。「なんだって自分ばかり、かっこつけようとするんだよ。そんな名誉、ひとりじめにしようとするなって。あたしの星の名誉のためにも、そんなヒーローみたいな死に方は許さないからな。

こっちこそ、戦争の勝ちはそちらの星に譲ったっていいんだ。もうそんなの、どっちが勝とうが、違いはないからな。どっちも負けたんだ。この戦争で勝った星なんて、宇宙のどこにも存在しなかった」

強い口調で、彼女はいいました。

そして、院長先生は白衣のポケットに手を入れて、立ち上がりました。

「一緒に行こうじゃない？　何も最初から死んで終わりになると決めることはない。頭を使おう。きっと何か、誰も死なずに彗星をどうにかする知恵があるはずだ。――あたしもあんたも、なかなかどうして賢いんだ。商店街のチャンピオン同士なんだからな。知恵を絞ろう。出し合おう。ふたつの惑星の文明の誇りをもって、この星を救おうじゃないか」

「そうだな」サトウさんは笑い、地球人風に、握手の手をさしのべました。

「ここはひとつ、共闘と行こうじゃないか。故郷の星の名誉を賭けて」

「ああ、いまはなき星々の名誉を賭けて」

院長先生は、その手を強く握り返しました。

言葉にはしませんでしたが、地球を、この若い惑星を守り抜くことができれば、宇宙のどこかで、故郷の星のひとびとの魂も救われるような気がしました。喜んでくれるような気もしました。

そして、同じことを、サトウさんも思っていることが、つないだ手を通して伝わるような気がしたのです。

女の子が、いいました。

「先生、宇宙人ってやっぱり、優しいんだね」

自分も優しい、幸せそうな笑顔で、そういったのです。


店を出るとき、店長さんが、曜子さんとサトウさんに、小さな袋を手渡しました。

「旅の安全のお守りです。自家製ですが、なかなかどうして、効き目があるようですよ。これはこのお店からのサービスです。

あ、乗り物は酔いが覚めてからにしてくださいね」

ふたりの異星人は、店長さんと、そして女の子に手を振りながら、店をあとにしました。

帰りの路地を、街の灯りに向かって歩きながら、院長先生はいいました。

「帰ってきたら、またたそがれ堂に行きたいねえ。獺祭、ひときわ美味しかったし」

「そうだねえ」サトウさんは笑いました。

「たそがれ堂もだけどさ、チェスをもう一局、付き合ってほしいんだけどね」

「いいよ。また負けたいんだね」

「そっちこそ」

いや次はオセロにするか、いやそろそろ久しぶりに将棋を、などとわいわい話しながら、ふたりの異星人は、明るい街に帰り着き、クリスマスソングの流れる街の、その美しい情景と、楽しげに歩くひとびとを、優しいまなざしで見つめたのでした。

いつまでも飽きずに。そして再び、どちらからともなく、固い握手を交わしたのでした。


そして、クリスマス前のある夜、風早の街の空に浮かび上がる、正体不明の、ふたつの大きな影がありました。

ひとつは、山の中から舞い上がった、帆船の形にも似た、大きな帆を持った空飛ぶ物体。そしてもうひとつは、海から浮かび上がった、大きな魚——鯨のような姿をした、これも大きな物体でした。

ふたつの物体は、上空へと音もなく上がって行き、やがて星空へと舞い上がり、星の海へと姿を消しました。

しばらくの間、そのふたつの物体の話は、この街の、そして国の、世界の、噂になりました。あのふたつの物体はいったい何だったんだろう。飛行機か、はたまた宇宙船か。では乗っていたのは宇宙人なのか。

リアルでそしてネットで、その正体についての、いろんな憶測や推理が盛り上がるうちに、やがて、きっとどこかの国の秘密兵器か、はたまた観測用の気球辺りを見間違えたものだったのだろう、などという結論とともに、みんなそのふたつの物体のことを忘れて行きました。

だって、宇宙船なんか、この街の空を飛ぶはずがないと、みんなが思っていたからです。

いくらか時が過ぎ、新しい年を迎えた風早の街の、あの小さな公園で、お年寄りたちが、碁を打ちながら、「結局あの謎の物体の正体は何だったのかね」と、話題にしていました。宇宙船じゃなかったのかね、と互いの顔を見たりしながら。

ほんの数日前の出来事なのに、正月が明けたら、もうテレビでは話題にならなくなっていました。

サトウさんが、将棋を指しながら、

「実はサンタクロースだったんじゃねえか」と、いいました。「トナカイの橇ばかりだと飽きるから、ちょっとSF風味にしてみたとか」

「ああ、あたしもそれに一票」白衣の上にコートを羽織った院長先生が、自分も駒を手に、いいました。「それはそれとして、はい、王手」

「ああっ」サトウさんは頭を抱えました。「ちょっと待て、油断した」

「ふふん」

院長先生は、得意げに笑うと、眩しそうに一月の空を見上げて、いいました。

「いいもんだねえ。いつも通りの日常っていうのは」

「ああそうだな」

サトウさんも、空を見上げて、微笑んで、そしてチェス盤を出しました。

「次は負けないぞ」

「ほほほ、かかってきなさい」

まわりのお年寄りたちは、やんやと笑って、いいぞもっとやれ、と応援し、公園には、のどかな冬の日差しが、優しく温かく、降りそそいだのでした。

天使の絵本

空からは、さらさらと小さな雪が舞い落ちていました。

雨でいうなら狐の嫁入りのように、たまに日が射す今日の天気のこと、午後の空から光の矢が降るごとに、細かな雪と白い雲は銀に光ります。

三太郎《さんたろう》さんは、空のまぶしさに目を細め、お気に入りのハンチング帽をかぶり直しました。吹く風の冷たさにジャンパーの背を丸め、両の手をコーデュロイのズボンのポケットに突っ込むと、赤いマフラーに顔を埋めて、その足を急がせました。

いつもにぎやかな商店街には、いまはひときわ華やかに、クリスマスの装飾が煌めき、クリスマスソングが鳴り響いています。今日はクリスマスイブ。可愛い孫たちへのプレゼントを早く選ばないと、夜になってしまいます。

マフラーに埋めた口元が笑ってしまうのは、ふわふわのモヘアのマフラーが温かく、そして自慢だからでした。昨年の冬、外を歩くのが好きな三太郎さんにと、同居の孫娘が編み、その幼い弟が手作りのカードを添えて贈ってくれたクリスマスプレゼントです。それは正直、老いたりといえども、大男でがっしりしたからだつきをした三太郎さんには、いささか可愛らしすぎるマフラーだったのですが、本人が気に入って巻いているのですから、そんなことはどうでも良いのです。

可愛い姉弟の姉の方は、そろそろサンタクロースの正体に気づいているようですが、弟はまだまだそうではない。どちらにせよ、優しい子どもたちには、今年もまた、サンタクロースからとびきりの贈り物が届くことになっているのでした。彼らの両親から、三太郎さんからと、サンタクロースふたりぶんの贈り物が。

（じいちゃんサンタの方は、まだ何にするかは決めていないけどねえ）

今日まであれこれ考え続け、まだひらめきが降ってきていませんでした。プレゼント選びには何よりインスピレーションが必要だと三太郎さんは思っていました。彼は若い頃（そしていまもおそらくは）なかなかの腕を持つ大工でした。戦後すぐの焼け跡の時代から、たくさんの美しく、丈夫で、立派な家をこの風早の街に建ててきましたが、いつだって、ひらめきを大切にしてきたつもりです。

若い頃、仲の良い兄弟子にそういう話をしたら、「インテリだな、おまえ。本ばかり読んでるやつはやっぱり違うなあ」と笑われたなあ、なんて、懐かしく思い出します。貧しかった時代から始まって、少しずつ豊かになっていった日本で、ともに家を建ててきた兄弟子も、とうの昔に亡くなりました。彼も老い、いずれはそのあとを追うのだろうと、さばさばとその事実を受け入れています。

（だってさ、そういうのも悪いことじゃない）

彼は長生きしたので、友人知人たちの葬式に何度も立ちあいました。もう数え切れないほどに。棺の前で手を合わせ、線香を上げることを繰り返すうちに、何だかみんな滅びて消えてしまったのではなく、どこか遠い世界に移住してしまっただけのような気がすることが増えてきました。先に死んだひとびとは、ついそこの見えない扉の向こうにある、ここから少しだけ遠い世界にいるような気がします。で、いつか三太郎さん自身も、こんにちは、とその扉を開けて、向こう側にいくような気がするのです。

（ちょっとだけ、引っ越すだけさ、きっと）

また向こうで大工をするのもいいなあ、なんて思うと口元がさらに緩みました。

扉の向こうの、懐かしいひとびとが待つ世界、そこには、あの夏の日の空襲で別れた母もいてくれるのでしょうか。品の良いもんぺ姿で白い手をゆっくりと振るそのひとの笑顔が脳裏に浮かびます。もし会えるのなら、話したいことがたくさんありました。

懐かしい膝に膝枕をして、あれこれ話せたらなあと思いました。焼け跡で浮浪児として生きたその時代のことから、平和になったいま、平成のクリスマスに至るまで。お母さんは優しい手で頭を撫でてくれて、褒めてくれるでしょう。優しい声で。

「よくがんばりましたね、三太さん」と。

可愛い可愛い孫たちに、さてさて何を贈ろうか。若干は焦りつつも、やはりはずむ足取りで、三太郎さんは、駅前商店街の店々の、そのショーウインドウを覗き込みます。戦前からある古い商店街の、そのほとんどが一度は焼けてまた復活した店々には、美しいもの可愛らしいものがさんざめくよう。贈り物にはぜひわたしを、いいえわたしを選んでくださいと、それぞれの場所から三太郎さんに聞こえない声で呼びかけます。

そのたびに三太郎さんは、「いやいや上のお姉ちゃんには、もう着せ替え人形は幼すぎるだろう。さりとて真珠のネックレスはまだ早すぎる。洋服？　それは本人に選ばせないと。趣味が違うと目も当てられない。弟の方には変身グッズか。ヒーローになれるおもちゃがいいのかなあ。ううむ、それは喜ぶだろうけれど、どうせなら長く遊んでもらえそうな、丈夫で洒落たものがいい。舶来ものの木のおもちゃとか。しかしそれはじいさんの趣味の押しつけになっちまうんだろうなあ……」

孫たちを可愛く思うほどに、適当に、これと決めることができません。毎年繰り返す逡巡。胃の辺りが重くなり、きゅうっとするほどに焦りつつも楽しい時間でした。

ふふ、と笑います。少しだけ昔、ひとり息子がまだ子どもだった頃に、いまは亡き奥さんとプレゼントを選んだ、あれも楽しい時間でした。彼も奥さんも、日本が戦争をしていた頃の子ども、戦後にまだ荒れ野だった日本で育ちました。そんなふたりにとって、焼け跡に自分たちで建てた小さな家に灯りを灯し、クリスマスを祝えること、そのこと自体が何よりも贈り物のように思えたなあと、懐かしく思い出します。古い家は、そのあとも同じ敷地の中で建て直し、建て増しもして暮らし続けています。その場所で幾度も迎えた一年に一度の楽しい時間、それはいくつものスノードームのように、心の中で丸く結晶する美しく幸せな思い出になっていました。

「――せっかくじいさんになったんだもの。髭を伸ばせば良かったな」

雪や星に飾られたショーウインドウに映る自分の姿を見て、三太郎さんはふと、思いました。きちっと刈り上げた髪も眉も、すっかり白くなっています。もしいま髭が長ければ、きっとサンタクロースのように、白く波打つ素敵な髭になっていたでしょう。がっしりとしたからだつきに、サンタの服は似合ったでしょう。赤い服を着て帽子をかぶれば、少しは似て見えたかも知れません。ほーほほう、と笑いながら、トナカイの橇に乗り、空を駆ける異国の老人に。

「もう一度、サンタクロースになってみるのも良かったなあ」

三太郎さんは目を細め、遠い日の出来事を振り返りました。子どもの頃に、一度だけ、そのひとのまねごとをしたことがあるのです。誰にも内緒、大好きだった奥さんにも話したことのない、クリスマスイブの夜の秘密の思い出がありました。

「いまでも屋根の上くらい、ひょいひょいあがれるだろうしなあ。サンタの装束を着て、肩に袋を担いで、屋根の上から登場してみせたら、孫たちは喜んでくれただろうか。あの子たちがもっと小さい頃に、やっておけばよかったなあ」

粉雪が舞う商店街の、煉瓦敷きの歩道を歩きながら、三太郎さんはふと足を止めました。

「――プレゼント、か」

贈れたらいいのになあ、と思うひとが他にもいました。もしそのひとに贈るとしたら、何がいいのかもわかっていました。

けれどその贈り物は、この世界には存在しないもの。どこにも売ってはいないとわかっているものでした。

（あの、絵本）

（クリスマスの、絵本があればなあ）

遠い昔の、今日の夜。三太郎さんは、ひとりの少女に、一冊の絵本を読んであげました。

その絵本には絵がありませんでした。文章もなく、物語も存在していなかったのです。そもそも本の形さえ、していませんでした。

けれどその絵本は、あの夜、たしかに彼の腕の中にあり、彼の前には、彼の語る物語に耳を傾ける、天使のような少女がいたのです。

（だから、俺は読んだ。読むことができた）

誰の目にも見えない絵本を広げ、頁《ページ》をめくり、朗々と物語を読み上げることができたのです。すべてを失い、何も持っていなかった、あの頃の彼からの、その子への──世界への贈り物のように。

細かな雪を巻き込んだ風が、ふいに吹雪のように吹き荒れました。

三太郎さんは腕とマフラーで顔をかばいました。

息をしようとすると、胸の奥に、氷のような空気が入ってきます。呼吸をするごとに鼻と胸に痛みさえ感じる、その冷たさはどこか懐かしく──ああそうだ、と思いました。

遠い昔、昭和二十年の冬、この地上でひとりきりだったあの年の十二月に、焦土と化したこの街で吸った空気と同じでした。

粉雪が舞い散る中に見える華やかなショーウインドウ、そこに映る背を丸めた自分の姿、帽子の下に覗く目が、野良犬のように鋭く、そして寂しげに見えました。

三太郎さんは苦笑しました。いまは亡き奥さんとは、友人の紹介で知り合ったのですが、ある春の日、つきあい始めた頃の彼女にいわれたことがあります。昼下がりの名曲喫茶でのことでした。

「三太郎さん、とても優しくて、いいひとなのに、ときどき少しだけ、目が怖いわ」

暗い、寂しそうな目をしてる、そういって、彼女は彼の目を覗き込み、微笑んでくれたのです。

白いとっくりセーターがよく似合っていました。店の古く大きなスピーカーから、アメイジング・グレイスが聞こえていました。優しい神様のお話を、語りかけるように旋律がうたいます。

彼女の潤んだ黒い瞳の中に、亡くした母親が住んでいるような気がして、とても懐かしい、泣きたいような気持ちになったのを三太郎さんは覚えています。ずっと自分は迷子になっていて、そのときやっと家に帰り着いたような、そんな気がしたのでした。

人混みの中を歩くときは、財布を掏《す》られないように。いつも無意識にそうしていました。大切なものは通りすがりにひったくられないように。いつかまた戦争になったとき、どんな風に命をつないでいけばいいか、いつも考えていました。平和に豊かになった街で幸せに暮らしていても、いつかまた戦争になったとき、どんな風に命をつないでいけ

眠るとき、大切なものをそばに引き寄せて眠ることを考えなくてすむようになったのは、その頃からだったかも知れません。

雪交じりの風が、ふうっと止みました。

三太郎さんは、胸の奥から深い息を吐いて、そして、あれ、と辺りを見回しました。知らない通りにいます。

「うん？　ここはどこだ？」

風早の街の、駅前商店街に、こんな通りがあったでしょうか？

いま三太郎さんの周りにあるのは、見知らぬ古い路地でした。木の塀や古びた背の低いビルに囲まれた石畳の細い道。遠く近く、そのあちこちに、大小の赤い鳥居が立

っています。少し遠くには、金属や石でできたような鳥居も。つんと冷たい空気の中に、どこからともなく、線香の匂いが混じってきます。

いつの間にか、雲が厚くなり、まだそんな時間ではないはずなのに、薄暗くなった、どこか薄墨でぼかしたような情景の中に、三太郎さんは立っていました。

見上げる空を、いまはもう滅多に見ないような、黒い電線が何本も横切っていて、風が吹くごとに、ひょうひょうと高くさみしい音を立てました。

「ここは——どこだ？」

子どもの頃から、いやいっそ生まれる前、母親のお腹の中にいた頃から、三太郎さんはこの街に住んでいました。職業は大工、見習いの時期から一人前になり、やがて、棟梁と呼ばれるようになるまで、この街の至る所に家を建ててきました。いやもっといえば、彼の戦地で死んだ父親もまた大工で、父親の使いや何やらのためにでも、街を巡ることが多く、また父から、この街の話をいつも聞いてもいたのです。なのに——。

（こんな通り、俺は知らねえぞ）

寒いのに、額に汗が滲みました。

駅前のこの近くに、赤い鳥居がいくらかあるところがあったような、とは思いますが、こんなにたくさんの鳥居、それもひとつひとつ素材も大きさも、おそらくは作られた年代もまちまちのような鳥居に取り巻かれた路地など、三太郎さんは誓って知りませんでした。

額の汗をハンカチで拭いながら、三太郎さんは、歩きました。ここがどこなのか、どうして、いつのまに迷い込んだのか、さっぱり見当はつきませんが――いえ正直、年が年なので、一瞬、自分がついに惚けてしまったのかとは思いはしましたが――とりあえず、この路地を歩いていれば、いつかどこかへ行きつくはずです。知っている場所に出るかも知れない、そう思ったのでした。

「早くここを抜けないと」

孫たちへの贈り物を選ぶ時間がなくなってしまいます。焦り気味に足を速めたとき――。

ふっと懐かしい匂いを嗅ぎました。

「――ああ、クリームシチューか」

香ばしくて、甘く、温かいご馳走の匂い。鶏肉と馬鈴薯と玉葱と、人参にバター。ミルクに生クリームに、コンソメ、そして胡椒。

そんな香りがどこからともなく漂ってくるのです。どこかの家は、今夜シチューなのでしょうか。寒い日だし、あったまるだろうなあ、と三太郎さんは微笑みました。

ずっと昔、三太郎さんの家では、お嬢様育ちだったお母さんが、冬にはシチューを作ってくれていました。学校から帰ってきて、シチューの匂いがすれば、嬉しくて台所に駆け込んだものです。

その懐かしい匂いの、あたたかい風が、ふわりと鼻先を通り過ぎていったのです。

雪が舞い散る見知らぬ路地で、三太郎さんは、香りが漂う方へと、目を上げました。


そして、三太郎さんは、そのコンビニを目にしたのです。

まるで夕焼けの、橙《だいだい》色に染まった雲でできたような、ほんわりとした灯りを灯す、四角い灯籠。『コンビニたそがれ堂』という文字と、稲穂のマークが描かれた、あれは店の看板なのでしょう。たしかに四角い、コンビニらしいかたちの建物がそこに、看板のうしろにありました。どうやら、シチューの匂いはそちらからするようです。

「コンビニで、シチュー?」

妙な気がして、首をひねりました。でも最近は、お総菜を置いているコンビニも増えています。三太郎さんは、散歩の途中に、コンビニでおでんやコロッケ、鶏の唐揚げなんかを買うのが好きでした。昔の駄菓子屋さんでお買い物をするようで、懐かしい感じがします。

「シチューを売ってる店もあるのか」

ぐう、とおなかが鳴りました。――今夜はクリスマスのご馳走が用意されているはずですが、あったかいシチューを少しくらい食べるのもいいかな、と、三太郎さんは思いました。

白と金と朱色で塗られた、古いようにも新しいようにも見える、そんなコンビニは、ガラスの窓と扉から、まるで澄んだ水があふれ出すかのように、光を放っていました。

その建物の、大きさと高さのバランスがいいこと。三太郎さんは雪の中で、寒さにかじかむ指先の痛みも忘れて、しばらく見とれていました。家を作り、建てることを仕事にしてきた三太郎さんにはわかるのです。そこにある店が、まるで神業のように、美しく完璧に設計された建物だということが。

（それにしても――『たそがれ堂』？）

さっきからなぜでしょう、そのコンビニの名前が気になっていました。白と金と朱色と、こんな色彩の取り合わせのコンビニは知らない、見たことがない、と思いましたが、でもたしかにその名に聞き覚えがあるような気がするのです。

昔、誰かに聞いたような。

（世界中にある、どんな品物でも売っている店、だったかな？）

ただ三太郎さんが聞いたのは、コンビニの話ではなかったような気がします。それも道理、子どもの時分に聞いた話のような気がするので、だとしたらこの日本にコンビニエンスストアという形態のお店が登場する前に聞いた話、ということになります。

（あれは、たしか……）

子どもの頃、よく遊んでくれた、近所のお兄さんから聞いたような気がします。いつも黒い瞳が楽しげに輝いている、賢いお兄さんでした。大きなお米屋さんのひとり息子、とてもお金持ちの家の子なのに、少しも威張ったところがなくて、自分の部屋にあるたくさんの本や漫画を、近所の子、みんなに貸して読ませてくれました。こういうのはみんなで楽しむのがいいんだ、といって。

そう、たしかに、あのお兄さんがいったのです。

「駅前商店街のはずれにね、赤い鳥居の並ぶ、不思議な路地があるんだよ。路地の角を曲がったところに、世界中のありとあらゆるものが売られている、小さなお店があるんだそうだ。そこではほしいものは何だって買うことができる。買えないものはひとつだってありやしないんだ。そのかわり、その店には、誰でもが行けるわけじゃない。どうしてもほしいもの、心から探しているものがあるひとだけが、特別に選ばれて、そのお店に行けるんだそうだ」

　優しい声で、お兄さんはいいました。

「選ぶって、誰が選ぶの？」

　首をかしげて、三太郎さんは訊きました。お兄さんは本が好きで、とてもお話が上手、このお話も作り話で、自分をからかっているのかも知れない、とほんの少しだけ思いながら、でも、いつしか信じて聞いていたのです。

「神様だよ」

「え」

「そのお店は、神様のお店なんだよ。風早の街に昔からいらっしゃる、銀の毛並みに金の目の狐の神様が、ひとの若者に化けて、魔法でこさえた不思議なお店で、人間たちとたわむれて遊んでいるって話なんだ」

　お兄さんは、まるで自分がその神様だとでもいうように、いたずらっぽい感じに笑って、言葉を続けました。

「店の名前は『たそがれ堂』。三太郎くんは、優しい、良い子だから、いつかそのお店に招かれて、行くことができるかも知れないね」

　そういって、背中をひとつ、どんとどやすように叩いて、お兄さんは笑いました。

いきなりのことだったので、三太郎さんは驚いて、ひどいやと声を上げ、ちぇ、やっぱり冗談だったのかな、と頭をかきました。

当時、あのお兄さんは、十二か十三。いまから思えば、まだほんの子どもです。でも幼かった三太郎さんには、凛としたおとなに見えていたものです。なぜか少し寂しげにも。

思えば、あのとき、お兄さんには、不思議な予感で自分の寿命が見えていたのかも知れません。その後、家業を継ぐため、大学の経済学部に進学したお兄さんは、太平洋戦争が終わる頃、まだ学生なのに出征《しゅっせい》してゆき、飛行機に乗って出撃したまま、帰ってこなかったそうです。

いなくなったのは、死んでしまったのは、お米屋のお兄さんだけではありませんでした。ご近所にいたたくさんのひとびとが、あの戦争では死んでしまったのです。三太郎さんだけを残して、みんないなくなってしまった。

「そう、たしか、あのときいた店の名は、たそがれ堂、といったような……」

そうして、三太郎さんは、引き寄せられるように、光の方へと足を向けたのでした。

ガラスのドアを開けて中に一歩入った途端、暖かい空気が、柔らかく三太郎さんを包み込みました。まるでそこに見えない暖炉があって、よく来た、寒かったでしょう、さあここへ、火のそばへおいでなさい、と招かれたような、そんな優しい暖かさでした。

扉を入ってすぐのところに、クリスマスツリーが飾ってあって、ちかちかといろんな色の灯りを灯しています。碁盤の模様のリノリウムの床や、白い壁にその灯りが映る様子は、いろんな味のドロップを店中に振りまいているように、楽しげに見えました。店内の有線放送は、静かにクリスマスソングを奏でています。

「いらっしゃいませ」

柔らかな声が、シチューの香りと一緒に、ふわりと流れました。レジの方をみると、赤と白のしましまの制服を着て、おそろいの制帽をかぶった青年が、おたまを手に、良い匂いのする鍋をゆるく混ぜているところでした。

自分の手元を見つめる三太郎さんの視線に気づいたのか、青年は――コンビニの店員さんは、にこっと笑い、明るくいいました。

「今日は寒いですね。よかったら、美味しいクリームシチューはいかがですか？」

新しいメニューを開発しようと思っているところで、味見につきあっていただけると嬉しいんです、と店員はいいました。試食ですので、ただでけっこうですよ、と。

「熱いシチューやスープが店にあると、こんな寒い日は、お客様もほっとするんじゃないかと思いましてね。冬季限定メニューにしようかと」

邪気のない表情で笑います。長い銀色の髪が似合うほどに色白で、瞳の色は黄金色。そう、茶色を通り越して、明るい金色でした。

こんな若者が大工仕事の現場に来たら、棟梁によってはどやしつけそうです。三太郎さんが現役で働いていた頃でしたら、やはり、「仕事の場にそんな格好で来るのはあまりよくないんじゃないかな」と、いったかも知れない、そんな現実離れした色の髪と目でした。

でも、この若者の金の目と銀の髪は、コンビニの制服にとても品良く似合っていて、おかしな感じはまるでしなかったのでした。

『そのお店は、神様のお店なんだよ』

ふと、耳の底に、あの日聞いたお兄さんの声が蘇りました。『銀の毛並みに金の目の狐の神様が、ひとの若者に化けて、魔法でこさえた不思議なお店で、人間たちとたわむれて遊んでいるって話なんだ』

三太郎さんは、目をしばたたき、若者をみつめました。

どうしました、と、若者は金色の目を細めて笑い、そして三太郎さんは、まさか、と苦笑して、緩く首を横に振ったのでした。

　世の中には、神様なんていないのです。サンタクロースが本当にはいないように。

　差し出された木の器は作りたてのシチューの熱さで良い感じに温かく、三太郎さんの冷えて凍えた指先を、温めてくれました。白い湯気は、子どもの頃にお母さんから差し出された皿の上で踊っていたように、懐かしい踊りをゆらゆらと踊り、シチューの良い香りを、三太郎さんの鼻に届けました。

　木のスプーンで一口すくいとり、口に入れて、またすくい、味わって、うん、と、三太郎さんはうなずき、微笑みました。

「いい味だねえ。とても、とても美味しいよ」

　コンソメの品の良い味と、鶏肉の出汁、胡椒の香りにバターの風味。ミルクと玉葱の甘さ。月桂樹の葉のかすかな香りもします。人参も馬鈴薯も、スプーンでふれるとほろりと割れて、口に入れると柔らかく崩れました。

　昔、お母さんが作ってくれた、手作りのシチューと同じ、懐かしい味でした。

「こんなにうまいシチューを、また食べることができるとは思ってもいなかったよ」

「そうですか」

若者は嬉しそうに笑い、ありがとうございます、と制帽を押さえながら頭を下げました。

はにかんだ笑みを浮かべた、その様子は、たしかに目と髪の色は妙なのですが、普通にその辺りの街角にいる、おっとりした若者の表情そのものでした。

(演劇か何かしてるんだろうか。役作りのために髪を脱色しているとか。それとも、ロックンロールのバンドにでも加わって……)

きっとそうだろうと三太郎さんは納得し、それきりこの若者の正体について考えるのはやめてしまいました。ごちそうさまをいい、木の器をレジに返しながら、

(そうだ、カイロを買っていこう)

三太郎さんは思いました。ジャンパーのポケットに突っ込んでおいてもいいでしょう。

レジのそばの棚で、使い捨てのカイロの袋をとり、そのままレジに持っていこうとして——三太郎さんは、ふと足を止めました。

レジカウンターの近くにある棚に、美しい女性たちの写真が飾ってあります。白黒のプリントの、懐かしい感じの美女たちの写真——いまはもう滅多に見ない、芸能人たちのお洒落な写真、ブロマイドです。小さな箱に、ブロマイドが揃えられて何種類

か入っていて、その見本が飾ってあるようでした。

若い頃、ブロマイドを売っているお店に行ったとき、いつもそうしていたように、三太郎さんは、ある女優さんの写真を探しました。

棚を覗き込むようにして、よく見回して。

「ああ、あった」

長い黒髪をお姫様のように巻いた、若い女性が、テーブルに頬杖をついて笑っています。

「こりゃ驚いた。いまどき、赤井《あかい》薔子《しょうこ》のブロマイドが売ってるなんて」

「ふふ」と、若者は笑い、さらりといいました。「何だってありますよ。なぜって、ここはたそがれ堂。この世にあるどんな品物でも売っている、不思議なお店ですからね」

三太郎さんは思わず、若者の顔をみつめました。若者は自然な表情でいいました。

「もし、本当に探しているものがおありでしたら、たいていのものはお渡しできますよ」

その笑顔があんまり自然なので、三太郎さんは、心の中で納得しました。

（きっと、このお兄ちゃんは、どんなものでも取り寄せられる、といいたいんだろ

う)

　たしかいまどきは、インターネットなるものを通じて、世界中のどこからでも、いろんな品物を取り寄せることができるはずです。レジが直接本部のコンピューターと通じていて、自動的に在庫を管理してくれる仕組みもあるとか聞いたような。

「……何でも魔法みたいになってしまって」

　自分が子どもの頃、こんな夢のような未来が来ると想像していただろうか、と三太郎さんは思いました。こんな、漫画やSF小説のような世界に生きることになろうとは。

　三太郎さんは微笑みました。若者も、レジカウンターの中で、にこにこと笑っています。

「このカイロと、ブロマイドが欲しいんだが、いくらだね?」

「どちらも五円です」

　それはまた安すぎる、三太郎さんは思わず声を上げそうになりましたが、若者は笑顔のまま、カイロとブロマイドを藁半紙でできた袋に入れて、丁寧にこちらに手渡しました。

(五円なんて……)

まるでお賽銭みたいだな、そう思ったとき、若者の金色の目が妖しい色の光を放ったように見えました。まるで、暗い場所で、猫や犬の目が光るように。

ゆっくりと、若者はいいました。

「もうずいぶん昔から、お客様がここに来てくださるのを待っていたんですよ。このお店がまだ、コンビニでなかった頃の時代からです。今日このときまで、長い長い時間がかかりましたねえ」

水が流れ、風がそよぐような優しい声でしたが、怖くも感じるようなことを、自然な笑顔で若者はいいました。

はは、と、三太郎さんは笑いました。

「そういえば昔、この店みたいな店の話を聞いたことがあるよ。世界中にあるどんなものでも売っている店の話を」

「はい」

「誰でもがその店に辿り着けるわけじゃない。けれどもし、心の底から探しているものがあれば、きっと辿り着ける、と」

「はい」

「店を経営しているのは、人間ではなく……」

レジの若者は、ただにこにこと笑っています。コンビニの灯りは明るく温かく、窓の外には、きれいな雪がちらちらと舞っていて、三太郎さんは、ゆっくり首を振りました。

（いやまさか、そんなことがあるわけがない）

この街の守護神、狐の神様、風早三郎が経営しているコンビニだなんて。

狐に限らず、この世に神様なんて存在しないのです。あの戦争で街が焼かれ、お母さんが死んだときに、三太郎さんは悟りました。

なので、若者は少しばかりふざけているのだろうと、客とごっこ遊びをしたいような気持ちになっているのだろうと、三太郎さんは思いました。

（それなら、つきあってやろうか）

三太郎さんは若い頃からいたずら好き、ノリのいい方でした。

右の人差し指を上げて、いいました。

「じゃあもし、この店が、世界中のものが何でも売っている不思議なお店だとして」

「はい」

三太郎さんは、自分の胸を押さえました。

「それでもこの俺がいま何よりほしいと思っているもの、とある古い友人に贈りたいと思っているものは、絶対に、探せないだろうよ」

「そうでしょうか？」

静かに、若者が答えました。口元に笑みが浮かび、どこか不敵な表情で笑っています。

「いや無理だって」少しばかりむきになって、三太郎さんはレジの方へ身を乗り出しました。「俺がほしいのは、一冊の絵本。昔この俺が、クリスマスイブの夜に、ひとりの天使のような女の子に、読み上げてやった絵本だ。

ただし、その絵本は」

三太郎さんは言葉を切り、苦笑して、

「この世界に存在しないんだ」

「これは面白い」若者がまったく邪気のない笑顔で言いました。「お客様、あなたはこの世に存在しないものをお探しなんですね」

「いやいや。探してないよ。見つかるはずがないものだから」

若者は長い首をかしげるようにしました。

「このたそがれ堂で探せば、たいていのものは見つかると思いますよ。あなたが本気でそれをほしいと思えば――それが絶対にひとの手では探せないはずの、どんなものでもね」

「ないない」三太郎さんは手を振りました。

若者は笑いました。

「ねえ、三太郎さん。もしその絵本がこの店にあれば、買いたいですか？」

「そりゃもちろん」

反射的に答えて、そして三太郎さんは怪訝《けげん》そうに若者の顔をみつめました。いつのまに自分の名前を名乗っていただろうと思ったのです。

若者は薄い桜色の唇を笑顔の形に真横に引いて、ゆっくりといいました。

「まずは、その品物が何であるか、わたしに話してはいただけないでしょうか？　お探しする上で、少しでも助けになるかも知れません」

「わたしがその絵本と出会ったのは、昭和の戦争のすぐあと、まだこの街が焼け野が原だった頃のことだ……」

勧められるまま、カウンターの前に置かれた、お客様用のパイプ椅子に腰を下ろして、三太郎さんは語り始めました。

「わたしは……俺はね、そこで、ひとりきりだったんだ。世界にひとりぼっちだった」

　美味しいシチューへのお礼の気持ちもありました。興が乗りすぎて、家に帰るのが遅くならないようにしないといけないと自分にいい聞かせながら、三太郎さんは言葉を続けました。

　遠い昔の、今日のことを思って。

（いままで誰にも話したことがない話だったけれど……）

　こうして十二月二十四日に、不思議なコンビニの店員さんに話すというのも、ちょっと面白いことのような気がしていました。

　じきに自分があの世に行ってしまえば、この話を知るひとはだあれもいなくなる。墓場に持っていってしまうのは、さみしいなと思ったのです。


「あの昭和の戦争の時、俺はまだ子どもだった。出征していった親父は腕のいい大工だったんだが、遠い南の国にいったまま、戦争が終わっても帰ってこなかった。なんとなく、なんとなくだけどね、ああ親父はもう死んだんだ、帰ってこないんだろうなあ、と思っていたよ。わかるもんだねえ。

　俺は遅く生まれた子どもだったから、親父はその頃はもう四十代。苦労人で見た目が老けてたので、かわいそうにたまに祖父かと思われたりね。腕が良くてきちっとした家を建てるというので有名な棟梁で、笑うと目元に、ひとのいい皺ができてた。器用で元気で体力自慢な親父だったけれど、まあ若くはなかったんだよな。

おふくろはというと、あの八月の空襲で焼け死んじまってね、じきに戦争が終わるって頃にあった、あの空襲さ。そういうわけで、俺は平和になったあとの日本で、焼け跡でひとりぼっちになったんだ。

おふくろはお嬢様だった。お屋敷のひとり娘だったのが、出入りしていた大工の親父と好き合って、駆け落ち同然に家を出て、下町で暮らし始めたっていうひとだったからね。そう裕福でもない家なのに、うちには上等なものが多かった。母方の実家が、折にふれ、あれこれ送ってきてくれてたんだね。

おふくろの持ち物で、俺がいちばん気に入っていたのは、本棚だった。おふくろが、子どもの頃から大切にしていたっていう、きれいな本がぎっしりと詰まった本棚。艶のある胡桃《くるみ》の木でできていて、丁寧な彫刻が全体に入っていてね。これまたきれいな彫刻が入った、きらきらしたガラスの扉がついていた。中には薄金色の絹のカーテンが掛かっていたな。

俺ね、小さい頃に、うたた寝している俺のそばで、ラジオに耳を傾けながら、繕い物をしているおふくろの姿を覚えてるんだよね。

おふくろは、細い蔓《つる》の眼鏡をかけて、すいすいと楽しげに縫い物をして。たまに糸をぷつんと歯で切って。あれは何の鳥だったのか、庭で小鳥の声がしたら、針を持つ手を止めて、なんとも優しい顔をして、窓越しの空を見上げてたよ。掛け時計が、柱でこちこち動いてた。俺は何となく起きていることを気づかれたくなくて、薄く目を開けて狸寝入りをしていた。読みさしの本を胸の辺りに載せたまま。あれはおふくろの本棚に入っていた本、グリムかアンデルセン、それともアラビアンナイトだったか。あの頃お気に入りだった、怪盗ルパンだったかも知れないな。

秋だった。ずっと寝ていたから、畳が俺の体温でぬくまっていて気持ちよかった。ああ、これを幸せっていうんだろうな、って子どもながら俺は思った。ずっとずっとこんな日が続くんだって、その時は何の疑いもなしに思ってたよ。

でもねえ。きれいだったおふくろは、屋根を突き抜けて落ちてきた焼夷弾《しょういだん》の油を浴びて、燃えて死んでしまって。胡桃の木の、ガラスの扉の本棚も。お伽話の本も。いい匂いだった畳も、柱の時計も。ラジオも。親父がその手で建てた家は、まるごと燃えてしまった。

大好きだったものは、ぜんぶ。

ほんとうに、俺ひとりが、生き残ってしまった。炎と風の波の中を生き延びて。近所のひともみんな同じ時に死んで、おふくろの実家のお屋敷も焼けたのに。俺ひとりだけ。

それからそうたたないうちに、戦争が終わってね。焼け跡には少しずつ、掘っ立て小屋が建ち、やがて家が建ってね。街のひとたちが身を寄せ合うようにして暮らすようになっていった。俺は最初、訪ねていったおふくろの実家の、その近所のひとたちに同情されて面倒を見てもらってたんだけど、それも長く続かなかったというか、まあ他人だしね。居づらくなって、そこを出て、ひとりきり、この街に戻ってきちまったんだ。そうして、家があった場所で、暮らすようになった。

親父の掘ってくれた防空壕《ぼうくうごう》が、庭にそのまま残ったから、しばらくはそこで暮らしたんだ。親父は何しろ、大工だったからな、防空壕も狭いなりに住み心地がいいように作ってあった。土を掘り込んで、壁に小さな棚も作ってあったし、床下には小さいけれど、深くてしっかりした貯蔵庫。そこに干し芋や乾パン、缶詰が入るだけ入れてあったんだ。焼け残った湯飲みに、壊れた水道から水を汲めば、それで何とか生きていけた。

夏の終わりの防空壕は、蒸し暑くて湿気ていて、土の匂いがむっとして、けっしていいところじゃあなかった。でも、夜寝ていて、ふと見上げると、ぽっかりと丸い月や、さんざめく星が見えたりしてね。虫の声が静かに聞こえてきたりして、そんな時は、妙に静かな、懐かしいような気持ちになったなあ。

けれど、ひどい台風が来てね。防空壕には水が入り込んだ。そのまま井戸のように水がたまって、中に入れなくなってしまったんだ。

俺は台風で吹き寄せられてきた木材やトタンを組み合わせて、見よう見まねの、積み木の家のようなものを作った。そうして防空壕が水浸しになる前になんとか持ち出した食べ物を、そのあばらやに置いた。庭にあった木々のうち、柿の木だけが黒焦げになりながらも焼け残っていたから、その根元に、寄りかかるように、建てたんだ。自分で可笑《おか》しかったよ。三匹の子豚の家みたいだな、と思えてしまって。

水に沈んだ防空壕の、その水に青い空が映るのを、よくぼーっと見ていた。お腹空いたなあ、なんて思いながらね。気になったのは、水の底に沈んでいるはずの、親父の形見の大工道具だった。防空壕の床の土に深く掘られた物入れの一番下に、大事な親父の大工道具を、おふくろがしまうところを、俺は見てたんだ。油紙にくるんで、大切にしまわれたカンナにのこぎり、とんかちに彫刻刀に。そういったものが水の中で、いたまないだろうか、錆びたり腐ったりしないだろうか。心がひりつくほどに気になりながらも、俺にはどうすることもできなかった。

水に潜る元気も、たまった水を外にかい出す力も、あの時の俺にはなかったんだ。

ただ防空壕のそばのあばらやにうずくまり、息をしているのがやっとだった。どこか近所の家から、ラジオの音がたまに聞こえてくる、それをぼーっと聞いていたなあ。


秋になる頃には、だいぶこの街も、ひとが住む街らしくなってきていたよ。風早も、街の西側は焼けたけれど、東側は無傷なまま残ったところもあってね。そのせいもあって、街の復活は早かったのかも知れない。風早の港にあまり被害が出なかったのも、よかった。ここは昔から、海運と観光の街だからね。ひとと荷物さえ、よその街と交流できるなら、まあなんとかなるものだったのさ。

そうして、街が復興していって、ひとの笑い声が聞こえたり、食べ物を煮たり焼いたりするいい匂いが漂うようになった街の中で、俺はね、変わらず、ひとりで生きていた。あばらやの中で膝を抱え、ただ生きてた。

いくところがなかったし、誰にも会いたくなかった。したいこともない。――いやしたいことはあったたな。ただそこにいたかった。石がごろんとただ在るようにね。

知ってるひとみんな、死んじまってさ。

ああ世界には神も仏もいないんだなって思ったらさ。なんだかね、動けなくなったんだ。

やがて冬が近づいてきた。家がある子どもたちは、家族と身を寄せ合って、あったかいものを食べるような季節になってきてさ。

でも、俺は寒いばかりだった。いくばくかの食べ物はあっても、少しずつ食べていても、いつ尽きるかわからない。実際、その頃には、港のそばや駅の地下道辺りで、俺みたいにひとりきりになった子どもたちが毎日のように飢え死にしたり、病死したりしてたのさ。

そんな中で、いつか顔馴染みになった白猫がいてね。生まれたての白い雄の子猫を一匹つれて、いつもかばうようにしている猫だった。空襲の時に焼けたのか、からだの半分が歪んでてね。片方の目は開かなかった。干した小魚をわけてやったりするうちに、懐いてね。しまいには、一緒に寝てくれるようになった。

その母さん猫ね、一緒に寝る時は、まるで俺のことを、もう一匹の子猫みたいに、前足で抱えて、舐めてくれてたんだよ。

俺たちは柿の木の根元のあばらやの中で、道で拾った新聞紙にくるまって、虫の声を聞きながら寝たんだ。母さん猫と子猫は喉を鳴らしてさ。あったかかったよ。たまに風に乗ってきこえるラジオでは『リンゴの唄』が鳴ってたな。そう。並木路子《なみきみちこ》の。

あの頃の、まるで闇を覗き込んでいたような、真っ暗な気持ちは覚えてるよ。この先、自分がどうなるのかまるでわからない、不安な気持ち。いつかこの蓄えが尽きたら、と考えることが恐ろしくて、あとどれだけ食料があるのか、数えたくなかった、あの気持ち。

布団もない、着替えもない焼け跡で、どうやって寒さをしのいだらいいんだろう、雪が降りでもしたらと、想像するだけで芯から冷えた、あの時の気持ち。俺は夏の空襲の日に着ていた服のまま、焼け焦げ、汚れた夏服一枚きりしか持っていなかった。泥とあぶらで汚れた服は、濡れた落ち葉みたいにどろどろになって、冷たく皮膚に貼りついた。髪は伸び放題で、顔はまっ黒で、妖怪みたいな姿になっていただろうな。

このまま死ぬのかな、と思った。せっかく生き延びたのに、こんな風にして死んでしまっては、親父やおふくろに申し訳ない、と思った。泣けてきた。

そんなある日、母さん猫が道ばたでトラックに轢《ひ》かれて死んじゃってね。子猫が母さん猫のそばを離れようとしなくてさ。だから俺、母さん猫を、うちの防空壕のそばに埋めてやったんだ。

真っ赤な夕焼けに照らされて、墓を作ってやるうちに、俺のおふくろの墓を作ってるような気持ちになってきてさ。ほら、俺のおふくろは、そこでその場所で、家と一緒に、骨も残らないくらいに、きれいに焼けて死んだから。

「これからは俺がおまえを養わなきゃな」

何を思うのか、横に並んで俺のすることを見ていた白い子猫に、俺はそういってやった。

墓を作り終わって、上に石を置いた時、もういいや、って思ったんだ。

泥棒になろう。なっちまおう。でなければ、子猫を育てられない。俺も、生きていけない。

食べ物はじきに尽きるだろう。焼け跡で冬も生きていくには、あったかい布団や着るものを手に入れなきゃいけない。どうやったって手に入れなければ。

金がない子どもに、何ができる？　盗むしかないと思ったよ。

あの頃、荒んだ日々の中で、掏摸《すり》もかっぱらいもよくいたし、泥棒だって空き巣だって、子どもでもやってる連中はいた。親や家をなくした子どもは俺だけじゃなかったしね。

やれると思った。俺なら誰より上手くやれるって。大好きだった怪盗ルパンみたいに。鼠小僧《ねずみこぞう》みたいに。――ああ、悪いことだって自覚はあったよ。でも、仕方がないじゃあないか。

小さい頃からいつも、親父が高いところを身軽に歩いて行くのを見ていたんだ。親父は細いのに力持ちで、大きな角材を肩に載せて、平気な顔で高いところを歩いたりもしていた。小さい頃の俺は口を開けて見上げて、尊敬してたものさ。何もいわれなかったけど、俺もいつか、おとなになったら、親父みたいに高いところを歩き、立派な家を建ててやるんだって、思ってた。

俺も親父譲りで身軽だった。餓鬼の頃から図体はでかかったんだが、塀の上を駆けるのも、屋根の上に上がって瓦を踏んで猫みたいに走るのも、小さい頃から得意だった。それがみんな、盗人《ぬすっと》稼業には役に立つだろう。そう思ったら、片方の頬がにやっと笑ってさ。

盗人になった俺を見たら、親父もおふくろも草葉の陰で泣くだろうな、と心のどこかで思ったけど、むしろ——そう、爽快だったよ。誰かに勝ったような気がしていた。ざまあみろ、と思ったな。その、どこかの誰かにね。

すっきりして、そして、心の奥に冷たい風が吹くみたいに、何とも寒い気がした。

冬になる頃には、いっぱしの悪人見習いみたいなもんになっていたね。置き引きに万引きに、掏摸。喝上げにひったくり。最初の頃は罪悪感で気が塞ぐこともあった。でも、盗んだ食べ物はうまかったし、盗んだ金で買った古着も毛布も、あったかかった。あばらやの中で、久しぶりの長袖の服に手を通して、子猫と一緒に毛布にくるまって、冬の星空を見たよ。吐く息は白くても、見上げる夜空に星はちかちかまたたいて、とてもきれいで、ああ俺も子猫もこれで生きていける、と、思ったんだ。

そのうち、だんだんに、盗まれる方が悪いと思うようになった。大切なものから目を離す方が悪い、おとなのくせに、ぼんやり歩いていて、俺ごとき子どもに掏られる方が悪い、ってね。さらに日が経つごとに、「うまく盗む」ことに楽しさを覚えるようになった。

特にね、掏摸は、その、楽しかった。

俺は親父譲りで手先も器用だったしね。彫刻やいろんな細工物、内装までもきれいにこなす親父の血を受け継いで、その気になれば、買い物籠や和服の袂《たもと》、背広の胸ポケットからでも、財布くらい軽く盗めたのさ。そんな時は、自分が物語の登場人物みたいな気がしたね。それこそ怪盗ルパンみたいに。

おとなになったいまはわかる。あの時、俺に財布や品物、荷物を盗られた人たちは、盗まれたと気づいたあとでどんなに怒り、泣き、苦しんだろうと。とにかく、もののない時代だったからね。わずかな金も食べ物も、みんなにとって大切だったからね。

でもあの時は、自分以外のひとはみんな幸せで楽しそうに見えたから。特におとなたちは、強くたくましく、俺ごときが多少盗んでも、どうってことないように見えたから。あとね、家のない子どもにひどいことをするおとなたちも街のあちこちにいたからね。何もしないのに、殴ったり蹴ったり追い払おうとしたり。

そういうやつらから奪って何が悪いって、思ってたよ。俺はこんなに不幸で世界にひとりきりなんだから、幸せな暮らしをしているやつらは、ちょっとくらい、「幸せ」をわけてくれたっていいだろう、って思ってた。

生きるために必要なものは、何でも盗むか、盗んだ金でまかなった。でもね、たったひとつ盗めなかったものがあった。本だ。

一度だけ、闇市に屋台を出していた古本屋の、その店先から、アンデルセンの童話集を盗んだ。うちにあったけれど、焼けてしまった本だ。一冊残らず燃えてしまった本を、一冊だけでいい、ほしいと思った。喉が渇くくらい、読みたいと、頁を開きたいと、思った。

——でもね。読めなかった。

屋台で本を見つけた時、台からすくい上げて、懐に入れた時、あばらやに帰るその時までは、どきどきして、嬉しかったんだ。また本が読めるということが、楽しみだったんだ。

でもね。あばらやの中で、屋根や壁の隙間から降りそそぐ月の光の中で、懐から本を出した時——屋台で、昼の光の下で見た時はきれいに見えた、表紙の紙が汚れているることに気づいたんだ。なんてことはない、俺の指の跡だった。泥で汚れた指紋の跡がいくつもいくつも。俺は汚れをとっさに指先で拭おうとした。汚れは広がるばかり。薄汚くなっていくだけだった。

手が震えた。本が氷のように冷たく感じて、持っていると、じんじんと冷えてきて。

結局、その本は、読めないまま、次の日、その屋台に返してきた。お店のひとは本が一度消えて、薄汚れて戻ってきたことに、気づいたのか、気づいてなかったのか。どうだったろうねえ。

それからも、いろんなものを盗んだけれど、本だけは、二度と盗まなかった。

先のことは考えなかった。考えないようにしていたんだね。ただ、その日その日を生きていければいいと思った。あれは、綱渡りのロープの上を歩いているような、そんな怖くて自由な、ふわふわした日々だったねえ。

そして、十二月の二十四日になった。クリスチャンだったおふくろが、家で賛美歌をうたってくれた日だ。近所の教会の牧師様たちが日本にいられなくなって外国に帰るまでは、教会に呼んでくださり、香料のきいた手作りの甘いお菓子や、質素ながらも美味しいご馳走をふるまってくださっていた日だった。

今年は、何もなかった。

あばらやでとぎれとぎれのラジオを聴きながら、盗ってきた焼き芋を食っているうちに、どこかに盗みにいくかな、と思った。商店街にはもう灯りが灯っている。戦争が終わって、街の夜は明るくなった。ひとびとは楽しそうで、ついこの間に思える夏とはまるで違う世界、違う国の夜みたいだった。俺だけが取り残されて、ひとりで過去の世界にいるみたいな気がしたね。

賑やかな夜だもの。金持ちの家なら、今夜は街に出かけているかも知れない。てことは、空き巣にはもってこいの夜だ。

俺は「仕事」に出かけることにした。白い子猫がついてきた。子猫は、もうずいぶん大きくなっていたけれど、俺のあとにいつもついてきてたんだ。まるで子猫が母猫のあとをついて歩くようにね。幸い、猫だから、俺がどこにどんな風に忍び込む時も、邪魔にならずについてくることができた。

どこに行くかは、歩いているうちに決まった。お屋敷町だ。街の東側の、坂を登ったところ、昔、外国から来たひとたちが暮らす居留地があった、その名残の場所だ。昔から、大きくて豪華なお屋敷がたくさん並んでいる辺りだった。その辺りは、さほど被害がなかったらしく、繁華街の辺りから見上げてみても、変わらずに、どっしりとした建物や街路樹の影が森みたいに見えていた。街のこっちは、平らに見えるくらいに焼けてしまったっていうのに。

俺は猫と一緒に、そちらを見上げた。お気に入りのハンチング帽を深くかぶり、歩き出した。空からは、ちらほらと雪が降り始めた。そう、ちょうど今日みたいにね。

お屋敷町の辺りは暗かった。窓に灯りがついている家もあることはあるけれど、通りには人気《ひとけ》がない。石畳の坂を歩いていても、俺の足音が響くだけ、誰とすれ違うこともない。いまは、芸術家や大きな店の経営者、芸能人なんかが住むといわれている辺りだ。今日は繁華街で楽しく過ごしているんだろうと思った。それかお屋敷の広く大きな部屋の中でご馳走を食べて、酒を飲んだりして、笑って騒いで、いい気分になっているのに違いない。俺は奥歯を噛みしめた。

これなら空き巣に入り放題だな。幸せな夜を過ごしてる家からは、ちょっとくらいお裾分けを貰ってもいいさ。そう思った。さて、どの家にするかな、と、細く口笛を吹いた。

暗がりは怖くなかった。むしろ、盗人の身を隠してくれる、仲間みたいなものだって感じがしてた。その中にいると落ち着きもした。それはつまり、俺はお化けの存在を信じるには、現実ってやつを見過ぎた子どもだったってこともあるんだろうなあ。

あの空襲のあと、嫌になるほど死体を見たけれど、誰も化けて出たり、祟ったりしなかった。焼け跡で燃える青い火を見て、人魂《ひとだま》かと思ったことはあったけど、ある日、通りすがりのおとなたちが、あの青い火は死体を埋めたあとの燐《りん》が燃えているんだっていっているのを聞いた。そうか、そんなものかと思ったよ。

お化けなんていない。神様だってね。そういうことなんだ。

ここはひとつ景気よく、いちばん大きい洋館にしよう、と決めた。

路地の突き当たりにあった、ギリシャ神殿みたいな、白亜の豪邸だ。他の家々から少し離れているのも良かったし、灯りがついていないところも気に入った。たとえば家に住人がいる時に、盗みに入ることもできなくはないけれど、どうせなら、誰もいない時か、ぐうぐう寝ている時にゆっくりお邪魔するに越したことはない。

それに俺は、この豪邸の主に心当たりがあった。ずっと前、おふくろに聞いたことがあるんだ。映画女優の赤井美桜子《みおこ》が家族と暮らしている家だって。雑誌のグラビアをおふくろが切り取っていたから、写真だって見せてもらった。赤井美桜子は、見事なシェパードの首を抱き、幼い妹とふたり並んで、舶来物のソファに座っていた。そばには立派な椅子に腰を下ろし、パイプを手にした賢そうなお父さんと、寄り添うきれいなお母さん。家族のうしろには大きなピアノと蘭と椰子の木の鉢があり、天井には見たこともないような豪華なシャンデリアが下がっていて、壁紙も高そうなものだった。

その家は、三階建てでエレベーターまである。庭にはプールもあるという話だった。たしか、元々金持ちの生まれつきの上に、赤井美桜子はスターだからそんな豪邸に住めるのだ、という話を聞いたような記憶がある。

その上にこの豪邸は、あの空襲にも遭わなかったのか、と思うと、ポケットの中に入れていた手が、知らず知らずのうちに、こぶしを作っていた。

雪交じりの冷たい風が、強く吹きすぎていた。俺は風の音に紛れて、街路樹を上り、塀の上に立った。猫もついてくる。そのまま軽く走り、家の裏側に回った。広い庭には、さまざまな木々が茂っている。犬に気づかれたらまずいな、と耳を澄ましたけれど、昔写真で見たシェパードは寝ているのか、吠えることもないようだった。こんなお屋敷の犬だもの、犬だけどクリスマスのご馳走をもらって腹一杯になって寝てるんだろうな、と、俺は思った。

屋敷の方の気配をうかがう。しんとしている。赤井美桜子と家族は寝ているのか。家にいないのか。

庭木をつたい、青銅でできた雨樋に手をかけた。ちょうどいい感じに壁に蔦《つた》が巻き付き、大きく節くれ立ちながら屋根へと伸びていたので、それをつたってするすると上に上り、三階のベランダへ降りた。音もなく。猫のようにね。まあ、俺でなければできないことだったろう。得意な気持ちになったのを覚えてるよ。

降り立って、身を屈め、様子をうかがい、そして、何気なく背後を振り返った。

誰かの視線を感じたような気がしたんだ。

月だった。

いつか時間は遅くなり、崩れたような形の月が、ゆっくりと地平線から昇ってきていた。お屋敷町は丘の上にあるから、ベランダから振り返ると、街路樹の間に街が見下ろせた。ぽつぽつと灯りは灯っていても、戦争が終わってからまだ数ヶ月、火傷の跡が広がるように痛々しい地上を照らして、歪んだ月が昇る。

風が吹きすぎて、俺は唇を噛んで、街をただ見つめていた。

その時、賛美歌が聞こえた。クリスマスの頃におふくろがよくうたっていた歌だ。風音の間に聞こえる、それも、呟くような小さな声だったけれど、知っていた曲だったから、俺にはわかった。

あめにはさかえ　みかみにあれや
つちにはやすき　ひとにあれやと
みつかいたちの　たたうるうたを
ききてもろびと　ともによろこび
いまあれましし　きみをたたえよ

きれいな声だった。

小さな子どもの声かな、と思ったけど、並木路子よりもいい声だと思った。フランス窓の向こう、家の中から聞こえてくる。うたいながらたまに、声が詰まる。鼻声になる。泣いているようだった。

俺は猫と目を見合わせた。

窓にはカーテンがかかっていなかった。レースのカーテンだけが、下がっている。そっと窓に近づき、中の様子をうかがった。大きなフランス窓は、軽く押しただけで動いた。留め金が風に揺れて、ふらふらしている。このまま引けば開くだろう。不用心だなあ、と、泥棒にはふさわしくない言葉を呟いた。

上がってきた月の光が、部屋の中、人影の方に射し込んだ。そこにいたのは、長い寝間着を着た、小さな女の子だった。灯りをつけていない部屋の中で、お姫様が眠るような、きれいなベッドに腰掛けている。ベッドのそばには小さな、でも高級そうなクリスマスツリー。立派な木の箱に植えられたツリーのそのそばには、贈り物の箱がいくつも積んであった。壁には、大きな靴下が飾ってある。

絵本の中から抜け出してきたような、可愛らしい情景に、俺は見とれて、わずかの間、時を忘れた。背中に吹きつける風の冷たさに、やっと我に返った。

やばい。見られたらまずい、と思って、とっさにベランダの方へと身を引こうとしたけれど、ちらりと見えた女の子の、その顔が気になった。

目の辺りに包帯を巻いていた。目をどうしたんだろう？　見えないんだろうか？

女の子は、その目の辺りを、小さな手でたまに押さえてうつむいていた。賛美歌をうたう声が、だんだんしゃくりあげるようになってきた。肩が震えている。

部屋には他に誰もいないようだった。

あさひのごとく　　かがやきのぼり
みひかりをもて　　くらきをてらし
つちよりいでし　　ひとをいかしめ
つきぬいのちを　　あたうるために
いまあれましし　　きみをたたえよ

風に吹かれて、古い窓が細く開いた。

その音と、吹き込む冷たい風に、女の子がこちらの方に顔を向けるのがわかった。

あ、やばい、と思った時、子猫が部屋の中にするりと入っていってしまった。楽しげな感じの駆け寄り方で、軽やかにベッドに飛び上がり、一声鳴くと、女の子に寄り添った。

「——猫ちゃん？」

最初は驚いたように息を呑んだ女の子は、自分にすりよる猫を優しく撫で、膝の上に抱き上げ、ほおずりをした。

女の子の声が、光が射すように明るくなった。小鳥がさえずるように子猫に訊いた。

「どこから来たの？　ねえ、どこから？

すごいわ。魔法みたい。わたしね、猫がほしかったの。一等、猫がほしかったの。すごいすごい、夢みたい。ねえ、猫ちゃん、あなた、窓を開けて、ひとりで来てくれたの？」

俺はベランダでひっそりとうなずいた。

そうか。そうだ。そういうことにしておこう、と思った。この豪邸なら、あの子猫も大切にしてもらえるだろう。盗人の俺なんかと寒い焼け跡のあばらやにいるよりも……。

抜き足差し足。窓のそばからそっと立ち去ろうとした時だった。子猫が今度はこっちに向かって鳴きやがった。鳴きながら嬉しげに走ってくる。慌てて窓から外に出ようとした、そのはずみに伸ばした手がふれて、窓が音をたてて大きく開いた。

女の子が、ベッドから立ち上がった。

猫のあとを追いかけるように、おぼつかない足取りで、一歩一歩こちらへ、ベランダの方へとやってくる。月の光に照らされるその表情を見て、ああそうか、と思った。赤井美桜子の妹だ。雑誌の記事に添えられた写真だと、まだ赤ちゃんに近いような女の子だったけれど、いまはあの頃よりは、大きくなっていた。

名前はたしか、しょうこ、薔子といったっけ。お姉さんは桜の花、妹は薔薇の花の漢字からとって名前をつけたんでしょうね、と、おふくろが読み方を教えてくれたから、覚えている。きれいな名前だなと思ったんだ。

「誰？」薔子は訊いた。「誰かそこにいるのね？」

俺は何も答えられなかった。

でも見えない目でまっすぐこっちを向いているその子を見ていると、もういないふりはできないと思った。だから渇く喉で、訊いた。

「猫、好きなのか？」

薔子はうなずいた。そして訊いた。

「この子は、あなたの猫なの？」

俺は身を屈め、子猫の頭を撫でた。

「俺の友達だった。でも、大切にしてくれるなら、お嬢ちゃんにあげるよ」

抱き上げて、その子の腕の中に渡した。

女の子は、子猫を抱きしめ、訊いた。

「ほんとうに、いいの？」

「ああ」

女の子は深くうなずいた。

「ねえ、お兄さん。この子、どんな色なの？　どんな目をしてるの？」

「白猫で目が青いよ」

「わあ、嬉しい」

女の子は、子猫をぎゅうっと抱きしめた。

「わたし白猫がいちばん好きだわ。青い目も素敵よね」

じゃあな、と手を振って、俺は今度こそ、帰ろうとした。

自分に舌打ちをする。泥棒に入った家の子どもと会話するなんて。

でもなぜかな。楽しかった。たまにはこんな日があってもいいじゃないかと思った。

だがそれはそれとして、早くこの屋敷を出ないといけない。この子の家族が帰ってくるかも知れない。いやこの屋敷にいて、寝ているだけかも知れないんだ。犬に気づかれるかも。グラビアに載っていたあの立派なシェパードに。

と、女の子がうしろからそっと呼びかけた。

「お兄さんはサンタクロースなの？」

はあ？　と思わず声を上げそうになった。

ベランダでそのまま立ち止まる。女の子の口元は楽しげに笑っていた。

「ね、そうよね？　だって子猫を連れてきてくれたんだもの。三階建ての家の、こんなに高いベランダに、今夜、来てくれたんだもの」

そういわれて俺は今更のように、ああ今夜は、そういう夜だったかと思い出した。

サンタクロースが世界中のよい子たちに、贈り物を配る日だ。

「いや俺は……」

口ごもる。ほんとうの職業はいえなかった。

とにかく急いで立ち去ろうとして、けれどそれができなかったのは、その子がそのとき、

「いかないで、サンタさん」

と、澄んだ声で呼びかけたからだった。

さんたさん。その響きが懐かしかった。

俺の名前は三太郎。おふくろは俺のことを、「三太さん」と、呼んでいたんだよ。さんたさん。そんなふうに呼び止められた途端、見えない優しい糸で、背中から、からめとられたような気がした。

女の子の声が笑った。

「子どものサンタクロースってほんとうにいたのね。前におじいさまがおっしゃった通りだわ」

そういうお話があるんですってね、と薔子は言葉を続けた。「勉強中の、サンタクロース見習いの子どもたち。滅多にあえないけど、いい子にしているとあえることもあるらしいよって、おじいさまはおっしゃったわ。もしあえたらお友達になれるんですってね」

ふうん、と俺は曖昧に答えた。

「ああ、ごめんなさい」

女の子が慌てたように言葉を続ける。「サンタさん、わたしね、サンタクロースにあえたら、お礼にわたしからプレゼントをしようって、ずうっと思ってたの。もう長いこと、ほんとうに小さい頃からよ。だって、わたしだけがいつも素敵なものをいただくんですもの。なんだか、それって悪いなあって」

「はあ」

「でもわたしね、いつもサンタクロースがくる前に寝てしまっていたから、お礼がいえなかったの。ついにおあいできて——せっかくあえたのに、今年はわたし、プレゼントを用意してないわ。去年までは、ちゃんと用意してたのに。お茶やお菓子も一緒に」

「そうか。うん。気持ちだけいただいておくよ。じゃあ帰るよ。メリークリスマス」

もう何度目の正直なんだか、今度こそ引き揚げようとした時、薔子がはっとしたように、

「サンタさんは、ひとに見つかったらいけないのよね。誰にも見られないように、プレゼントを配らなきゃいけないんでしょう。お父様から小さい頃に聞いたことがあるわ」

小さい頃、って、いまも十分小さいけどな、と俺は思った。ずいぶん上手に話をするし、頭も良さそうだけど。そうでなければ、サンタクロースなんて信じているはずがない。

それと——俺は思った。この子はきっと、家族みんなから可愛がられて、大事にされて育った女の子なんだろうな、と。お伽話を疑いもなく信じていられるくらいに。

俺はふと、いまはもうない懐かしの我が家で、おふくろのそばで寝ていた、あの時間のことを思い出した。ラジオと時計の音と童話の本と、うつむいて縫い物をする優しいおふくろの表情。ちょうどあんな風な、優しくてきれいなものに取り巻かれたような日々の中で、この子は暮らしているんだろう。だって俺も、たしかこれくらいの年の頃は、サンタクロースを信じていた。うちはおふくろがサンタクロースを好きだったし、親父もノリが良かったから、二十五日、クリスマスの朝に、正月の新しい服や独楽《こま》が、布団の枕元に置いてあったりした。

この子の家には、毎年サンタクロースが来ていたんだろう。今年も来るのかな。グラビアの写真の、賢くて優しそうなお父さんの表情をその時の俺はまだ覚えていた。

この家ではあの写真の通りに、にこやかな笑顔の家族が集まって、パーティとかするんだろう。想像すると、胸の奥がきゅうっと苦しくなった。

「大丈夫よ」薔子は笑った。「今夜は、わたししかこのおうちにいないの。通いのお手伝いさんも急なご用事で帰ったたし、ひとりきりのお留守番なの。お姉様は、遠くの街でお仕事があって、真夜中じゃないと帰っていらっしゃらないの。ひとりで先にお休みなさいっていわれてたんだけど、さみしかったし、怖かったわ。それにとても、悲しかった。戦地に行ったお父様は、今日も帰っていらっしゃらなかったし、金剛はもういないし」

「こんごう？」

「大きなシェパード犬。強くて優しかったんだけど、お国のために軍用犬として、外国に連れられて行ったっきり、まだおうちに帰ってこないの」

　ああ、あの犬はもういないのか。

　立派な犬は軍用犬として供出することになったって話は聞いたことがあった。同級生の家でも兄弟みたいに育ったシェパードがとられていったって、聞いた。その後、犬たちが帰ってきたって話は聞かない。

　ふと、薔子が、あ、と小さく声をあげた。声を潜めて、

「サンタさん、あのね。ひとつお願いがあるの。わたしの金庫を開けてくださらない？」

「金庫？」

「おじいさまがわたしにくださった、小さなおもちゃの金庫なの。大切なものを入れなさいって、おっしゃったから、夏におじいさまにいただいた贈り物を中に入れたの。

もし空襲に遭っても大丈夫なように。——金庫は」

薔子は肩が揺れるほど、大きなため息をついた。「ええ、空襲に遭っておうちが焼けても、金庫は大丈夫だったの。でもわたし、空襲のあと、火傷で目が見えなくなってしまったから、ダイヤルの数字が読めなくて、金庫が開けられないの。その中に、おじいさまからいただいた、最後の贈り物が入っているの。白い子猫が出てくる、クリスマスの絵本だったと思うわ。何て本か忘れちゃった。もったいなくて、表紙をちょっと見ただけで、この中に入れてしまったのだもの。クリスマスに読もうと思って」

でも、クリスマスになったのに、絵本が読めないの、と、薔子はしゃくりあげた。

「おうちが焼けても、って？　ここは空襲には遭わなかったんじゃないのか？」

「お父様が軍医として出征なさったし、金剛もいなくなったから、わたしとお母様とお姉様は、下町のおじいさまのおうちで一緒に暮らしていたの。空襲のとき、おじいさまは最後まで街の人たちと一緒に、街を燃やす火を消そうとなさってらした。お母様とお姉様とわたしはばあやにつれられて逃げたんだけど、はぐれてしまって。わたしとお姉様のふたりだけになってしまったの。お姉様が、おじいさまたち三人を見つけてくださって、お葬式をひとりですませてくださったの。わたしの金庫も、お姉様が焼け跡から見つけてくださったの。おもちゃの金庫でも、さすがに金庫ね、無事だったわよっておっしゃって……」

白くて小さな手が、包帯にさわった。

俺はそっと訊いた。

「それ、痛むのかい？」

薔子は何も答えなかった。ただ、

「もう治らないかも知れないって、この間、お医者様がお姉様にいってらしたの」

おとなっぽい口調でいった。

俺は目の前の小さな女の子を見つめた。薔子は、何てことないというような感じで自分の言葉にうなずきながら、腕の中の白い子猫をぎゅうっと抱きしめたまま立っていた。

俺が黙っていると、薔子は早口にいった。

「お姉様がおっしゃったの。わたしたちは戦争でみんな無くしてしまった。わたしたちだけじゃなく、街中の、日本中のひとたちがみんなそうだって。でも、無くしたものはまた作ればいい、壊れたものも、焼けたものも、また元通りにすることができるから、って。

生きてさえいれば」

薔子は、腕の中の猫を撫でた。「だからお姉様は、クリスマスもお仕事をお休みしないの。今夜は遠い街の舞台でお芝居をして、うたってらっしゃるのよ。きれいなお歌を、みんなのために、たくさんたくさんうたうんだっておっしゃってたわ」

「そっか」俺はうなずいた。「偉いひとなんだな」

新聞や雑誌、映画館で何度も見たことがある赤井美桜子の、その華やかな笑顔を思い出した。

「ええ。そうなの。今夜はクリスマスのお歌もうたうんだっておっしゃってたわ」

得意そうに薔子はうなずいた。「お姉様に、わたしの金庫を開けてって何度も頼んだんだけど、いつも忙しいからっておっしゃって、開けてくださらないの。お姉様は立派なお仕事をなさってるから仕方ないと思うんだけど、でも――サンタさん、金庫を開けてくださいますか？」

「いいよ。その金庫はどこにあるの？」

「ベッドのそばに」

もとから黒いのか、それともすすけて黒くなったのか。俺は四角い鉄の塊のそばに座り込み、薔子からダイヤルの数字を聞いた。ダイヤルは焦げて、メッキが剥がれたようになっていた。てのひらが痛かったけれど、大丈夫、回ると思った。薔子が手探りで、枕元の電気スタンドをつけてくれた。

金庫の分厚い扉が開いた。おもちゃの金庫だという話だったけれど、金属の扉は重たくて、分厚い。これだったら、たしかに、宝物を入れるにはばっちりだ。

「どんな絵本なのかしら」

俺のそばにぺたりと腰を下ろした薔子の声が弾む。「お姉様に読んでいただこうと思うの。クリスマスの、白い子猫のお話。きっと、この子みたいな猫のお話なのよね。女の子ときれいなクリスマスツリーと子猫の絵が表紙に描いてあったわ。空飛ぶトナカイの絵が裏表紙にあったかも」

子猫は隣に並んで、金庫の中を覗き込んでいる。昔からこの家に住んでいる猫のような顔をしていて、俺はちょっとだけ苦笑した。

子猫が中に突っ込んだ首を外に出した。くしゃみをひとつした。俺は笑いながら、中を覗き込んで――そのまま扉を閉めた。

薔子が訊ねる。「サンタさん、絵本は？」

声が、不安そうな高い声になる。「あの、絵本、大丈夫だった……？」

俺は一瞬だけ考え込み、そしていった。

「ああ、大丈夫だったよ。きれいな本だね」

絵本を受け取ろうと差し出された小さな手を、俺はそうっと押しとどめた。

「ちょっと焦げちゃってるから、さわらないほうがいいよ。汚れるし、無理に外に出したら、崩れちゃうかも知れない」

はっとしたように、薔子は手を引いた。

そうして、うつむき、静かに泣き始めた。

「きれいな絵本だったのに、かわいそうに」

小さい女の子が声を殺して泣く姿なんて、俺はその時、初めて見た。きつかった。

本当のことはいえない、と思った。

絵本は——絵本だったろうものは、金庫の中で、そのかたちを残したまま、灰になってたんだ。金庫を動かす時に崩れたんだろう。外に出した途端粉々になりそうだった。

金庫は無事だったとしても、あの八月の空襲の炎の中で、絵本は焼けてしまったんだろう。

俺はわかった気がした。きっと赤井美桜子は絵本がどんなありさまになっているのか、中を見なくても想像がついていたんだろう。

「ああ、ええと、汚れちゃってるし、少しだけ破れたりもしてるけど、でもきれいな絵本だね。きれいなままだよ。――あ、そうだ」

その時、自分の頭の中に降ってきた言葉をこそ、俺は天啓っていうんだと思う。

ひとはきっと誰かのために何かをしてあげたいと心から願った時に、たったひとつの「正解」の言葉をひらめくことがあるんだろう。あとにも先にも、あんな経験は初めてだった。

俺はいったんだ。誰の目にも見えない絵本を手に、胸を張って。

「このきれいな絵本、俺に貸してくれないか？　クリスマスの贈り物に、読ませてあげたい子どもがいるんだ。その子も猫と童話や絵本が大好きな子だから、きっと喜ぶと思うんだ。しばらくの間、その子に貸してあげてほしいんだよ。今度の戦争のせいで、子どもたちに配るプレゼントがみんな焼けてしまって、贈り物の数が足りなくて困ってたんだ」

「わたしの絵本、サンタさんの贈り物になるの？」

「ああ、そうだよ。緊急事態だから、協力してくれると嬉しいなあ。サンタクロース見習いにとって、贈り物がないってほら、大変なことだろう？　そう、実はさあ、このところ、俺……いやぼくは必死になって、子どもたちに配るための贈り物を探してたんだよ。絵本は、その子が読み終わったら、ぼくがきっと返しに来るから。ね？　その子、ちょっとかわいそうな子でね、せめて素敵な贈り物で励ましてあげたいなあって思ってさ」

嘘でも何でもいい。とにかく、いまのこの子に真実は知らせたくないと思った。あとさきなんてそのときは考えなかった。

薔子は子猫の背中を撫でながら、しばらく何か考えていた。ふと、優しい声でいった。

「サンタさん。その子は、どういう子なの？」

「どういう……どういうって？」

「どんなおうちに住んでいるの？　お父様やお母様はどういう方なの？」

ああ、と、俺はうなずいた。

「その子はね、庭の柿の木の下に住んでるんだ。男の子だよ。柿の木の根元に、自分で建てたあばらやの中で、ひとりぼっちで暮らしてるんだ」

薔子は手を口元に当てた。

「その子は、なんでひとりなの？」

「戦争でお母さんが家と一緒に焼けて死んでしまったんだ。お父さんは戦地から帰ってこない。だからひとりぼっちで猫と暮らしてた。すごい賢くて優しい猫だったんだけどな。トラックに轢かれて死んじまったんだ」

まあ、と、薔子はいった。包帯の上から目を押さえた。小さな肩が震えてた。

「……ひとりぼっちで、お庭で暮らすのは、寒いでしょうねえ」

「そうでもないさ」俺は答えた。「夜寝ていると、あばらやの壁や天井の隙間から、明るい月や、きらきら光る星がいつでも見えるんだ。目を開けると宇宙がそばにあるんだぜ。そんな素敵な寝床はない……って、その男の子は、ぼくに話してくれたよ」

「サンタさんに話したの？」

「ああ、うん。ちょっと友達なんだ」

俺は笑って誤魔化した。

薔子はおしゃまな感じに笑っていった。

「わたしもサンタさんの友達にしてくれますか？」

「ああ、いいよ」

薔子がふわりと手を差し出した。俺は小さな手をそっと握り返してやりながら、あきれいな白い手に汚れがついちまったなあ、と申し訳なく思った。俺の爪、伸びて、炭が詰まってるみたいに、真っ黒なのにさ。そして今更ながら、ほんとうはこんなお金持ちのお屋敷の子どもで、おまけにスターの赤井美桜子の妹に、俺ごとき盗人が友達の名乗りなんかあげちゃいけないんじゃないかと思った。

でも——部屋に射し込んでくる月の光を浴びながら、今夜だけはいいんじゃないかな、と思った。

サンタクロースは、今年はきっと、日本の子どものためには空を飛んでくれないだろう。トナカイの橇がB29に打ち落とされちまったみたいに。だから、せめて今夜だけは、この子のためにだけは、俺がサンタクロース見習いの子どもになってやろうと思ったんだ。

薔子は訊いた。

「その男の子は、本が好きなの？」

「ああ、その子のお母さんが本が大好きで、家中にきれいな絵本や童話の本があったからね。でもみんな、今度の戦争で焼けちまってね」

「まあ……お気の毒に」

薔子は低い声でいった。「わたしのお母様もね、本がお好きだったの。このおうちには、図書館や本屋さんみたいに、素敵な本がたくさんあるの。

だから、わたし……」

薔子は、一息ついて、そして笑った。「サンタさん。わたしの絵本、あなたにプレゼントします。貸すのじゃなくて、差し上げます。よかった。わたしにも、あなたにちゃんと差し上げられるものがあったんだわ」

「え？　いや、でも、大切な絵本なんじゃ……」

「大切な絵本だから、差し上げるのよ」

わたしはもう、自分ではこの絵本を見ることができないかも知れないし――、小さな声で、薔子はそう付け加えた。そして、いった。

「その柿の木の下に住む男の子に、わたしの絵本をプレゼントしてほしいの。だってクリスマスの夜に、たとえお星様を見られる素敵なお部屋で眠ることができるとしても、絵本も童話も持っていないなんて、寂しすぎるもの。

それであのね、わたしからのメリークリスマスを、伝えてあげて欲しいんです」

にっこりと薔子は微笑んだ。「どうか、良いクリスマスをお過ごしください、って」

その時俺は、自分が今夜、地上に降りた天使に出会ったんじゃないかと思った。

「――ありがとう」

俺は天使の手を取った。

すると薔子は、いったんだ。

「サンタさんにひとつだけ、お願いがあるの。その絵本、いま、ここで、わたしに読んでくださいませんか？　一度だけ。それでいいんです」

「え？」

俺は絶句した。

思ったよ。ほんとうに絵本が無事でここにあるならば、どんなにいいだろうって。そしたら百回だって読んであげるのに、って。

でも、この絵本は、俺の手の中にある絵本は、誰の目にも見えない絵本だ。世界中の誰にも、読むことができない本なんだ。

俺はぎゅっと手を握った。そして、目を閉じて神様やサンタクロースや、いろんなものに祈った。いまだけでいいから、力を貸してください、ってね。俺に、見えない絵本を読み上げる力をください。この天使のために。必死になって祈った。一心に。

そして俺は口を開き、絵本を読み上げた。世界にただひとり、その子のための、クリスマスの物語を。

——それは天使のように優しい女の子のために、サンタクロース見習いの少年が、クリスマスの夜、その子にふさわしい、可愛い子猫を届けに来るというお話だった。

少年は、空にオーロラが揺れる北の国の空を、トナカイの背に乗って出発するんだ。

優しく元気な日本の子どもたちに、プレゼントを届けるために。特に、親兄弟や家を無くした子どもたちには、とっておきのよい贈り物を枕元に配る。地下道や家の軒下で眠る子どもには、ふかふかの毛布や、あったかい寝間着を。お母さんの夢を見て眠る子どもには、一晩だけでも、その膝枕で眠る夢を。

そして、少年は、大きなお屋敷に住んでいる女の子のところには、一匹の白い子猫を届けるんだ。子猫は少年の大切な友達だったんだけれど、すべてのプレゼントを配り終えてしまって、もう何も持っていなかったし、女の子の猫になる方が幸せになれると思ったから、その子のところに残してくることにしたんだ。

そうしてもいいと思えるくらいに、その女の子は優しい、天使のような女の子だった——そんな物語を、よどみなく、俺は、俺の口はその子に読み上げた。

今でもあの時のことは、奇跡みたいだったと思う。童話作家でもない、役者でもない俺が、どうしてあんな風にすらすらと思いつきで物語を語れたんだろうって。

俺にはお話を作る才能なんて無かった。だってその前も、そしてそのあとも、もう二度と、同じことはできなかったからね。

人間には生涯で一度だけ、魔法が使えるなんてことをいうひともいる。それだったのかも知れない。あの日はクリスマスイブだったしね。魔法の力も働きやすかったんだろう。魔法も神様も信じない、そうひねくれていた子どもの祈りでもどこかに届くくらいに。

ああ、あの時自分の口から生まれ出た物語のことは、いまも覚えているよ。自然と見えてきた、美しい絵も、まるで実際に目にしたことがあるみたいだ。あの時の俺は、その絵本の紙やインクの匂いも感じていたよ。

サンタの少年には空飛ぶ橇はない。まだ見習いだからね。でもとても身軽だし、空飛ぶトナカイの背に乗っているから、どんなに高い建物のベランダにだって飛んで行ける。そこにクリスマスのプレゼントを待っている、心優しい子どもがいれば、どこへだって行けるんだ。だから、サンタ少年は、立派なお屋敷の三階の部屋で眠っていた、その女の子のために、とっておきの贈り物を持ってきたんだ。

女の子の部屋には、きれいなクリスマスツリーが飾ってあって、色とりどりのリボンをかけられたプレゼントの箱が、そのそばに置いてある。でも、そのプレゼントのどれよりも、子猫は素敵で、とっておきの贈り物なんだ。

「なぜって……なぜって、雪のように白い子猫はお母さんと死に別れて、ずっとひとりぼっちでした。サンタ見習いの少年は親友でしたけど、子猫は家族が欲しかったのです。素敵なお母さんが。女の子と白い子猫は、であったとたんに、お互いを大好きになりました」

薔子は子猫を嬉しそうに、ぎゅっと抱きしめた。子猫は薔子の顔をぺろんと舐めた。

「サンタ少年は、幸せそうなふたりの様子を見ると、自分もにっこり笑いました。そして――」

そのとき、窓の外に光が映った。

庭の木や、地面を明るく光が照らしながら、ぐるっと回り込んでくる。エンジンの音がする。タイヤが砂利を踏む音も。赤井美桜子が帰ってきたんだろう。

俺は薔子のそばを離れ、背中から窓に近づいた。「そしてサンタ少年は優しい女の子の幸せを祈りつつ、その素敵な部屋とお別れしたのです」

サンタさん、ありがとう、と薔子がいった。

俺は笑って呟いた。いいってことよ。

フランス窓を開ける時、振り返っていった。

「俺はまだ子どものサンタだから、たいしたことはできないけど、ひとつ、おまじないをしていくよ。えーと、アブラカタブラ……。その目、きっとよくなるから」

薔子は、「でも、お医者様が」と、小さな声でいった。俺は笑った。

「サンタクロース見習いのおまじないだぜ？　信じなさい」

フランス窓を開けて、ベランダに出た。帽子をかぶり直し、冷たい風が吹く中を、外に飛び出した。俺にはトナカイも、空飛ぶ橇もないけれど、その夜だけは、空も飛べそうな気がした。


俺はひとりで家に――焼け跡のあばらやに帰った。月の光に照らされながら。もう真夜中になって、ひときわ冷える風が吹いたけれど、心はぽかぽかとあたたかかった。ポケットに手を突っ込んで、背中を丸めて、口笛で賛美歌を吹きながら歩いた。あらののはてに。ぐろーりあ、ぐろーりあ。

見えないきれいな絵本を抱えているような、大事に持って歩いているような気分になりながら、もうすっかり灯りの消えた街を歩いた。

家のある子どもたちは、もうあったかい布団の中、サンタの訪れを待っているだろうか。

ふっと見上げた空に流れ星が流れた。

俺は言葉にならない願い事をした。

そうして俺は、庭の防空壕の、そのたまった水の中に、月明かりを頼りに、顔を突っ込み、覗き込んでみた。水はもう澄んではいたけれど、さすがに中が見えるはずもない。吐く息は白く、水は氷のように冷たかったけれど、はやる心を抑えきれなかった。

根拠もなしに、たまった水は思ったよりも量が多くなさそうだと思った。これなら何とかなりそうだ。いや何とかしてやる。ちょうど拾ってきたバケツがあった。そのまま朝までかかって、水を外に掻き出した。

水の中に沈んでいるはずの、親父の大工道具を、使おうと思ったんだ。

「このまま柿の木の下に住んでるのも、情けないしな」

古い材木や木ぎれを、どこからか何とかして集めてきて、間に合わせのあばらやなんかじゃなく、ちょっとばかり本格的な小屋でも建ててみようと思ったんだ。

ここに。親父が建てた家が焼けた、この場所に。道具さえ在れば、できる。見ようみまねでもできるかも知れない。そう思った。

薔子から聞いた言葉が、耳に残っていた。

『お姉様がおっしゃったの。わたしたちは戦争でみんな無くしてしまった。わたしたちだけじゃなく、街中の、日本中のひとたちがみんなそうだって。でも、無くしたものはまた作ればいい、壊れたものも、焼けたものも、また元通りにすることができるから、って。

生きてさえいれば』

無くしたものはまた作ればいい。

生きてさえいれば。

のこぎりにカンナ。いろんなかたちのやすり。とんかちに定規。彫刻刀。使い込まれ、親父の手のあぶらを吸って、いい色になった大工道具。

丁寧に油紙にくるまれた道具は、泥に汚れ、水を滴らせながらも、やがて焦土に上がってきた太陽の光を受けて、つやつやと光った。まるで命があるもののように見えた。

歯が鳴るほどの寒さにこごえながら、俺は笑った。

そして俺は朝の光の中で、自分の手に重なる、親父の手のあたたかさと重さを感じた。そう、小さい頃から、手に手を添えて、道具の使い方を習ってきていたんだ。

ああ、俺はこの手で家を作れる、と思った。

いますぐには無理でも、俺はいつか、親父のような、立派な大工になれる、と。

親父がこの街で建てた家は、きっとその多くが焼けてしまったけれど、親父の手のぬくもりが残っているこの手で、この道具で、また家を建てればいいんだ、と思った。

夜明けの空に、旗がひらめくようなかたちの薄い雲が、速く速く流れていた。


「――それからどうなったかって？」

三太郎さんは、楽しげに笑いました。

長い時間、語り続けていたので、コンビニの大きな窓の外は、夜の色になっていました。

店員の若者は、よいタイミングで、熱いコーヒーをついでくれ、手渡してくれました。

「よければ、こちらも試飲でどうぞ。当店オリジナルのブレンドです。わたしの好みで、キリマンジャロの風味を強くしてあります」

三太郎さんは恐縮しつつお礼をいい、そして、遠い昔のその時の気持ちを思い出して、明るい笑顔になりました。

「実はね。開けてびっくり、大工道具と一緒に、けっこうな額の札束が、そこに、防空壕の物入れの中に入っていたんだよ。悪いことをしたり、闇市で儲けたりするよりは、よほどちっぽけな金額ではあったけれど、使っても恥ずかしくない、きれいなお金を俺は手に入れたんだ。ちょうどその同じ頃、親父が面倒を見ていた若い大工たちが戦地から戻ってきてね。今度は俺がその兄ちゃんたちから、仕事を教わるようになったのさ。

親が残してくれた金があり、道具があり、大工見習いとしての仕事もある。居場所もある。俺はもう、盗人はしなくても良くなった。廃材を譲ってもらい、兄ちゃんたちに手伝ってもらいながら、柿の木の下に、小さな小屋を建てた。思えば、それが俺が初めて建てた、家だった。

そして——それからは、あっという間に年月が経ったなあ。俺は親父ほどではないけれど、そこそこ立派な大工になり、この街にたくさんの家を建てた。

あのクリスマスの天使とは、二度と会うことはなかった。だから薔子が——薔子さんが、あの夜のことをどんな風に思い、記憶したかは、俺の方じゃあわからなかった。——ただね、その後、新聞や週刊誌で、そして映画館で、成長した薔子さんの姿を何回も見ることになった。

薔子さんの目は治ったんだ。大きくなった白猫と一緒の笑顔の写真の記事を、俺は大切に切り抜いた。大事にアルバムに貼ったから、いまもうちにあると思うよ」

三太郎さんは静かに言葉を続けました。「薔子さんは、姉とよく似た美貌の娘に育ち、映画女優になり、姉と共演し、スターになった。ほら、さっき買ったブロマイドはその頃のものだよ。『風と共に去りぬ』のスカーレットみたいで、きれいだろう？優しいけど強い目をして、こっちを見てさ。オリビア・ハッセーっぽくもあるよな。どこか神秘的で。オードリー・ヘップバーンみたいに妖精っぽくもあるよな。

そりゃあ売れっ子だったんだ。深窓の令嬢役に、時代劇のお姫様、豪華客船を舞台に、名探偵の役をしたこともあったなあ。ミュージカル映画の主役もしていたよ。テレビの放映が始まると、連続ドラマのヒロインとしても活躍するようになった。うたって踊れて賢い会話もできる女優だと人気が出てね」

三太郎さんは、レジのそばの棚に飾られた、そのひとのブロマイドを見つめました。何を考えているのかわからない謎めいた眼差しをした、きれいな娘。白黒の写真のブロマイドでも、唇の赤い色が見えそうなほど、くっきりと微笑んでいる口元。

「薔子さんが繁華街で映画の撮影をしているところに出くわしたことがあったな。古都の古い橋のそばで、巻いた髪と襟元にあしらったスカーフと、トレンチコートを風にひらめかせて、かっこよく立っていた。そばを通る時、気づかれるんじゃないかとどきりとしたけれど、もちろんそんなことはなかったさ。

でも薔子さんはね、芸能界に長くはいなかった。ごく短期間、銀幕とブラウン管の中で大活躍したあと、どこかのパーティ会場であったという海外のジャーナリストと結婚して、引退してね。そのまま家族と一緒に、外国を転々として。

年をとってから日本に帰ってきて、エッセイストになった。本をいっぱい書いてるよね。きれいな写真がたくさん載ってる、旅行や料理や、子育てや、丁寧な暮らし、なんてものについて書かれた本。

最近は猫の本も出しててね、ああいまだに猫が好きなんだな、と思ったよ。本の最初に、わたしの大切な家族、として、あの白猫の写真が紹介されていたよ。子どもの頃、お友達からクリスマスプレゼントにもらった猫でした、って書いてあった。あの猫は長生きしたみたいだね。よかったよ、ほんとうに」

三太郎さんは、皺が深く刻まれた目を細くして微笑みました。

「どの本を読んでも、薔子さんは文章が上手でさあ。さすがだと思ったもんだよ」

若者はうなずきました。

「赤井薔子さんの本は、うちにも置いていますよ。幅広い世代のみなさんに人気がありますね。昔に出た本を探していらっしゃるお客様が多くて。特に、昨年からでしたか、週に一度、ＦＭの深夜番組で、古今東西の名著、名作を紹介する番組のパーソナリティをなさるようになってから、読者が増えましたね」

わたしも好きですよ、あの番組、と言葉を続け、そして、表情を暗くしました。

「いま少しお具合が良くないようで」

三太郎さんはうなずきました。

「ここ何回かは、病室で録音しての放送になってしまったね。続けられる限りはと気丈にいっているけれど、だいぶ声も弱ってきてしまって。まあね、年だから。あの小さかった女の子も、すっかりいい年になってしまって」

そのひとはたぶんもう助からないのだろうな、と三太郎さんは思っていました。元気に病院から帰ってくることは無いのでしょう。

「――へんてこな縁で、であっちまった、天使のような女の子と、同じ時間をずっと一緒に生きてきたような気がするんだよね。言葉を交わしたのは、あの冬のたった一度だけ。なのに、なぜだろうね。家族のように、いちばんの友達のように、いつもあの子のことを考えていた。でもじきに、あの子にさよならされちまうんだね」

目をしばたたき、鼻をすんと鳴らしました。手の甲で目元を拭うようにして、

「薔子さんがね、こないだのラジオでいってたんだよ。『わたしは昔、小さい頃に、サンタクロースに会ったことがあるんですよ』って。『不思議な話だから、いままでほとんどひとに話したことがなかったんですけれど』って。

『サンタクロースはまだ見習いで、少年で、わたしに白い子猫をプレゼントしてくれました。そして優しい声で、白い猫と女の子と、自分のようなサンタ見習いの少年が登場する絵本を読んでくれたんです。とても素敵なお話で、あのあと、自分でも読んでみたくて、同じ本を探したんだけど、どうしても見つからなかったんですよ』っていうんだよ。

そしてね、付け加えたんだ。

『子どもの頃にサンタクロース見習いの男の子とあったことも、その子に絵本を読んでもらったことも、友達になったことも、夢だろうって、家族にも友人たちにもいわれてきたんです。でもね、それを夢じゃないと思うことで、世界には優しい奇跡も魔法もほんとうにあるんだと信じることで、たぶんわたしはそれからずっと、生きてくることができたんです。

子どもの頃、わたしの目は、空襲のせいで見えなくなっていました。でも、あの夜会ったサンタさんにおまじないをかけてもらい、その目はよくなるよ、と一言いってもらえたから、また見えるようになったんです。

ほんとうをいうと、わたしの目の火傷はもうとっくに治っていて、見えるはずだったんだとあとで聞きました。悪いはずがない目が、なぜか見えていなかったんですね。

いま思うと、小さかったわたしは、世界に対して目を閉ざしていたのじゃないかしら。こんなひどい世の中、たくさんのひとが死に、大切にしていたものもみんな失ってしまうような残酷な世の中に、目を閉じ、背中を向けてしまいたかったのだと。でも、そんなわたしに、あの夜、小さなサンタさんは子猫を渡してくれ、絵本を読んでくれた。友達になってくれた。あれは夢じゃなく、ほんとうの——ほんとうの、魔法だったと信じています。ええ、信じているんです。

だからね……だからわたし、いまもわたし、あの絵本が読めたらなって、思うんですよ。あの日、見えなかった絵本を、いま手に取ることができたらな、って。

もし、あの夜のことが夢でなかったとしたら……世界に魔法があるのだとしたら』

そんな風なことを、薔子さんはいったんだ。そしてね、こうもいった。あの夜、サンタクロースからきいた、焼け跡の、柿の木の下に住んでいるという男の子、猫と本が大好きな、ひとりぼっちで星空を見上げて眠っているという男の子は、そのあと、どうなったんだろう、って。元気だろうか。おとなになり、幸せになっただろうか。ずっとそう考えていた、と。『遠く離れて暮らしていても、家族のように友人のように、その子と一緒に同じ時代を生きてきたような気がするんですよ』そう、薔子さんはいったんだ……いってくれたんだよ」

三太郎さんは、また洟をすすりました。「はい、わたくしがその柿の木の下のあばらやに住んでいた、猫と本が好きな少年です、実はあの夜のサンタ見習いもわたしなんです、なんてね、今更、名乗りを上げるのは粋じゃない。魔法の種明かしをしたいわけじゃない。ただ——もし、あの夜の絵本がこの世界にあるとしたら、探せば見つかるものだったとしたら、薔子さんに今度はその元少年から、絵本をプレゼントできたらな、とか、つい思っちゃってさ。

だって、『俺』がもらっちまったけれど、ほんとうは、あの絵本は薔子さんに借りたものだ、いつか返さなきゃ、と心のどこかで、ずっと思っていたからね」

「ほほう」と、若者が楽しげにいいました。「つまり、お客様がお探しの、『実在しない絵本』というのは……」

「そういうこと。昔、子どもの頃の俺が、その場ででっちあげて読んだ絵本だよ。どう考えても、どこかに売ってるはずなんてないんだ。もしそんなことがあるとすれば、それは魔法か……」

上機嫌な感じで、店内を見るともなく見ていた三太郎さんの目が、ふと、店の窓沿いにある、本棚の方で止まりました。絵本や雑誌が、表紙を表に向けてきれいに並べられている中に、なぜか見覚えのある絵本があります。見た瞬間に、心臓がどきん、と強く打ちました。

「……それは魔法か、でなければ奇跡」

言葉が口から漏れました。

ゆらゆらと、その棚に近づきました。

震える手で、絵本を持ち上げます。

美しくもどこか古びて見えるその絵本は、昔風の色彩と昔風の印刷に、昔風のロゴデザインでした。きれいに飾り付けられた部屋と、そこに飾られた小さなツリー。赤いリボンや金の鈴、白い綿の雪に飾られたツリーに寄り添うようにして、くまのぬいぐるみを抱いて立っている、どこかさみしげな少女。少女は、あの夜の赤井薔子に面差しが似ています。

表紙に書かれたタイトルは、『女の子とこねことクリスマスのお話』。そしてクリスマスツリーやプレゼントの箱の陰に、いたずらっぽい表情の白い子猫が静かに隠れているのです。

(こんな馬鹿な……)

絵本がふるふると震えます。絵本でなく、三太郎さんの手が震えているのです。

それは間違いなく、あの日、あの夜に、三太郎さんの心の目に見えていた、幻の絵本でした。

震える手で頁をめくります。頁いっぱいに広がる、クリスマスの情景の、赤と金と緑。あふれる星空。銀色の星。サンタクロースの故郷の国の、オーロラが揺れる空。トナカイの背に乗り、遠い国をめざしてその空を駆ける、赤い帽子に赤い服の少年の影。そして、クリスマスイブの夜、この街の白亜の洋館の窓辺に立つ、サンタクロース見習いの少年。子猫を抱えたその少年の、得意そうな表情とまなざしは、あの頃の三太郎さんに似ていました。最後の頁、子猫を抱いて窓辺に立ち、帰って行く少年を見送る少女の笑顔は、三太郎さんが遠い昔に見た、あの子の笑顔と同じでした。

「これは……」

三太郎さんは絵本を抱いて、若者の方を振り返りました。「なんで……こんなことが」

若者は優しい声で答えました。

「なぜって、ここはたそがれ堂。この世界にある、ありとあらゆる品物が並んでいるお店だからです。この世界にないはずの品物も、必ずそろっているお店だからです。もし誰かが、心の底からほしいと思うものがあれば、きっとここで手に入るようになっているんですからね」

三太郎さんは、震える声で訊きました。

「たそがれ堂は、ほんとうに在った……？」

そのひとは笑顔でうなずきました。

「三太郎さん、あなたがここに来てくれるのを、わたしはずうっと待っていたんですよ。やっと辿り着いてくれましたね」

長い銀色の髪を揺らして、窓越しに、空を見上げました。「ま、今日はクリスマスイブですしね。待っている客人が訪れる、そういう卦が出る日なんでしょう。――さて。どうします、その絵本、お買い上げになりますか？」

「いくらですか？」

「クリスマス特別セール、五円です」

三太郎さんは笑いました。泣き笑いのような表情で、ズボンの尻のポケットから財布を出し、支払いをしようとしました。

レジの機械に手をふれた若者が、思い出したように、いいました。

「当店では、サービスとして、プレゼントのラッピングと、先方へのお届けも承っておりますが、どうなさいますか？」


雪が本格的に降り出した夕方の街を、三太郎さんは、急ぎ足に歩いていました。

あのあと、駅前のデパートで、可愛い孫たちにぴったりのプレゼントと遭遇することができ、それを抱えて家に向かっているところなのです。

商店街のクリスマスの灯りの波に包まれ、クリスマスソングが流れる中で、三太郎さんは、笑いました。

「何だか、狐につままれたようだな」

それこそ絵本の中の世界に紛れ込んだような、不思議な時間を過ごしたと思いました。

大切な絵本を若者に託し、「ありがとうございました」という、うたうような声に見送られながら、店を一歩出た途端——三太郎さんは、駅前商店街の知っている店の前にいました。

怪訝に思って、うしろを振り返ると、いま出てきたはずのコンビニはそこになく、そんな馬鹿なと見回してみても、明るい街角の、そのどこにも見つからなかったのでした。

（――幻だったのかなあ）

雪降る中で見た幻想。白昼夢。

あのコンビニから、『あの日の少年より』とだけ名前を記して配送の手続きをした絵本は、赤井薔子のところに届くのでしょうか。

雪に濡れた石畳を歩きながら、三太郎さんは微笑みました。

疑うまでもない、届くだろうと思いました。

（なぜって）

コンビニたそがれ堂はこの街の神様のお店で、そして今日はクリスマスイブ。子どもたちの――かつて子どもだったひとびとの、願いがきっと叶う日なのですから。

さっき、三太郎さんがたそがれ堂を出ようとしたとき、若者が独り言のようにいいました。「奇跡はとうに起きていたのですよ」と。

「奇跡とはどうも、何かや誰かを好きだという思いから生まれるものなのです。遠い日の、少年と少女は、それぞれに本が好きで、大好きで、本の方も、子どもたちが好きだった。本を愛し、本に愛された『子どもたち』には、きっといつだって、奇跡が起きる——」

そういうものなのですよ、と、若者は自分で自分の言葉にうなずきました。

「あの空襲の日に焼けてしまった、三太郎さんの大切な本。読まれないまま灰になってしまった薔子さんの絵本。あなたたちの本への思いが、そして本たちの思いが、ささやかな奇跡を起こす手助けをしてくれたんじゃないでしょうかね」

三太郎さんは、うなずきました。

そういわれれば、そんな気がしました。あの時、目に見えない絵本を朗読していた時、誰かの聞こえない声を、ずっと聞いていたような気がします。見えないところから、そっと支えてくれた手を感じていたような。

(それまでに読んで、大好きだったたくさんの本が、俺に力を貸してくれたような気がする。見えないところから、支えてくれていたような。『大丈夫、その絵本をきみは読めるよ』、って)

だって三太郎くん、きみは、面白いお話をたくさん知ってるんだから、と。ぼくたちをたくさん手にとり、読んできてくれたんだからね、と。

燃えて焼けて、ぼくたちはいまきみのそばにいないけれど、ずっときみの心の中の本棚に在るんだからさ、永遠に。

それと、とレジの中の若者は、言葉を付け加えました。

「今日、三太郎さんがこの店に辿り着けたのは、サンタクロースからの贈り物だったのかも知れませんね。裏でこっそり糸を引いていたのかも。何しろ、あの西洋のじいさんときたら、昔っから、子どもとプレゼントと、サプライズが何より好きなんですからね」

楽しそうに、若者は笑いました。

街は夜になってゆきます。幸せそうに、たくさんの光と音楽に包まれて。

三太郎さんは、懐かしい賛美歌に合わせ、そっと口笛を吹きました。

ふと見上げた空に、光が流れるのが見えました。

飛行機かな、それとも人工衛星かな、と思った時、高い空から、かすかな鈴の音と、ほーほう、という、得意げな笑い声が聞こえたような――そんな気がしたのでした。

あとがき

わたしが生まれたのは、一九六三年。年号でいうと、昭和三十八年。昭和の時代に生まれ育った子どものひとりです。

この世代に生まれた子どもたちは、（昭和二十年の）日本の敗戦から、国が幾多の変化を重ね、豊かになって行く過程で育ってきた子どもたちであり、気がつくと、世界そのものの変革の時代に生きることになった世代でもありました。

人類が月に到達したのはわたしが子どもの頃の話、インターネットが普及したのはわたしがおとなになってからのことで、生まれたときには未だなかったのです。

科学が進歩して行くこと、未知のものと出会い、それが何なのか調べ、より深く知って行くこと、たとえば、地上を離れ、はるか宇宙の彼方を目指すこと——その繰り返しの果てに、いつかこの世界が——人類が豊かになって行くことを夢見ていたような、そんな時代を生きてきたように思います。

わたし自身、今日よりは明日、明日よりはあさってと、世界が豊かに、幸せになって行くこと前提で成長してきたような記憶があります。そういう未来を信じていました。世界は安定していて、来るべき時代は平和で明るく、自分さえ努力していけば、幸せも豊かさもこの手でつかみ取れると、そんなことを無邪気に信じていたような。

実際には、我が国はいま現在、かつてそうなると思っていたようには、豊かな国であるとはいえず、このままでいいのだろうか、と案じるひとは多いように思います。

地球温暖化や、新型コロナウイルスの流行、繰り返す天災、果てはロシアによるウクライナ侵攻にガザの空爆など、ひとりひとりは実直に生き、平穏な生活を望んでいても、暴力的な不幸に見舞われるような、そんな時代をわたしたちは生きています。

おかしいなあ、こんな未来に生きているはずじゃなかったのになあ、と思いつつ、迷走して行く日本と世界で、わたしたちはそれでもよりよい明日を作り上げようと、模索しながら生きていくのでしょう。

そういうわけで、わたしが幼かった頃、人類はまだ月に到達していなかったので、夜空に浮かぶ月は、どこかまだ幻想の世界でした。どうやら生き物が住める世界ではないらしい、と頭ではわかっていても、どこかで、そこにはまだうさぎが跳ねていたり、かぐや姫がいたりするような――そんなファンタジーが子どもたちの心の中で、生き延びていたように思います。

そして昭和の時代といえば、ＵＦＯ。未確認飛行物体です。空飛ぶ円盤が飛来したとか、宇宙人に攫われて改造されたとか、牧場の牛たちが殺されたとか――そんなちょっと怖い存在も、妖しげな写真の数々を依り代にして、子どもたちの間で信じられていたように思います。

ちょうど、大昔の日本、そして世界で、海の向こうに神仙の国があったり、怪異が潜んでいたりすると信じられていたように、星空の彼方には、異質で不思議な（けれど意思の疎通が図れる）存在が棲む世界が在るのだというファンタジーが、未だ存在しえたのだと思います。

その後、人類が月に到達してしまい、星空の彼方までも飛んで行けるようになってしまうと、そんな夢想の数々もとどめを刺されたように、色褪せていってしまったのですが。――といっても、令和になっても、たまに、ＵＦＯはニュースになったりするので、いまもどこかの空を飛んでいて欲しいと思ったりはします。地球外生命体や、その文明の存在は、いまも完全には否定されていないのですし。

で、そんな、どこか曖昧な時代だったからこそ、生まれ育ったファンタジーのひとつが、「ウルトラQ」から始まる、「ウルトラマン」の世界だったと思うのです。

星空の彼方から、悪い宇宙人や怪獣がやってくる。あるいは日常の中に潜んでいて、何か悪いことを画策している。それをやはり、星空の彼方からやって来た良い宇宙人であるウルトラマンが助けてくれる。それはまだ、宇宙というものに未知の要素が多かった時代だからこそ、古い時代の名残がそこここに在った故のファンタジーだったわけでして。

昭和の子どもだったわたしは、最初は白黒、のちにカラーテレビ（って死語ですよね。昔のテレビは白黒だったんだよ、といっても、信じてもらえないかも知れない。昔は写真も白黒でした）で、ウルトラマンやウルトラセブンを見ていたわけですが、思えば、怪獣や宇宙人が、ありふれたその辺の町中に潜んでいたり、空から飛来して、日本のどこかで暴れ回るような物語を毎週のように見ていたのですね。週に三十分、そういう日本に生きていたようなものだと思います。

そんな日々の中で、必殺技で殴られ蹴られ、切られてゆく、宇宙人や怪獣たちが哀れでかわいそうで、そこまでしなくていいんじゃない、といつも思っていました。というか、いっそ、宇宙人や怪獣たちを応援していた記憶があります。時代のせいもあって、怪獣が哀れになるような、理不尽な逸話も多かったですし。

そうして育ったわたしには、いまも怪獣は、子どもの頃の懐かしい友達に思え、宇宙人は、少し怖いけど変わらぬ友人のような、そんな存在に思えるのです。

なので、時折、彼らを物語に登場させたくなります。昭和の時代よりずっと複雑になってしまった世界、取っ組み合い、誰が悪者か決まっていて、その身で戦うことだけで平和が守られていた時代からはるかに遠くなってしまったいまの世界に、宇宙人や怪獣を蘇らせたくなるのです。

なぜでしょうね。心のどこかで、あの頃が懐かしいのかも知れません。人権意識など、現状より遅れている部分も多いので、あの時代に戻りたい、戻したいとは思わないけれど、素朴でほの明るかった時代が、ふと懐かしく、恋しくなるときがあるからかも知れません。

さて、コンビニたそがれ堂も気がつくと十冊目＋番外編一冊となりました。

今回は、隠しテーマが昭和レトロになっています。なぜこのテーマになったかというと、「久しぶりにたそがれ堂を書きたいような気がします」と、ポプラ社さんにお伝えしたとき、

「どんな話が書きたいですか？」

と問われ、

「えーっと、今の気分は昭和レトロかしら？」

と、なんとはなしに答えたからです。

そこから、いろいろお話を考えました。

なので、今回は、全体的に、どこか懐かしいような、昭和っぽい世界観やエピソードのお話で構成されています。いいですよね、昭和レトロ。昭和に生まれ育ったわたしには、これらの物語を描いている間は、懐しい時代に帰ってゆくような楽しいひとときでありました。

いまは失われた昭和の街並みや、ネオンサイン、洋服や小物も素敵だと思うので、もし叶うなら、あの頃の日本に行って、町を歩いてみたいなあ、なんて思ったりします。いまのおとなになった自分の姿で、あの頃の日本を歩いてみたいような。お買い物なんかもしてみたいです。昔の家電とか雑貨とか、ほんとに可愛い。子どもの頃は、それが日常だったから、あの良さに気付いていませんでした。

さて今回は巻末に、単行本『コンビニたそがれ堂　セレクション』に掲載されている、「天使の絵本」も、入れさせていただきました。

この「天使の絵本」、著者としては、コンビニたそがれ堂の物語の中で、たぶん、

一、二を争う感じで気に入っているお話です。今回、文庫に収めることができて、良かったと思っています。

最後になりましたが、今回も校正・校閲をお願いしました、鷗来堂さん。とても心強かったです。ありがとうございました。

美しい表紙は、こよりさん。ねこまんまを美味しそうに食べているねこをありがとうございます。デザインは、いつもいつも完璧に仕上げていただいている、岡本歌織（next door design）さん。感謝です。

印刷と製本の中央精版印刷さん。今回もお世話になりました。ありがとうございました。

二〇二四年四月十七日

村山早紀

深夜、仕事部屋の窓から、眼下の半ば眠り、半ば起きている街を見下ろしつつ。
街にぽつぽつと灯る色とりどりの灯りは、セロファンを通した光のようで。

本書収録の「ノクターン」、「夢見るマンボウ」、
「空に浮かぶは鯨と帆船」は書き下ろしです。
「天使の絵本」は、二〇一五年三月にポプラ社から刊行した単行本
『コンビニたそがれ堂　セレクション』からの再録です。

コンビニたそがれ堂《どう》　夜《や》想《そう》曲《きょく》

村山《むらやま》早《さ》紀《き》

2024年7月5日初版発行
2024年7月30日第2刷

発行者……………加藤裕樹
発行所……………株式会社ポプラ社
〒141-8210 東京都品川区西五反田3-5-8
JR目黒MARCビル12階

フォーマットデザイン　荻窪裕司(design clopper)
校閲　株式会社鷗来堂
印刷・製本　中央精版印刷株式会社

ポプラ文庫ピュアフル

ホームページ　www.poplar.co.jp

N.D.C.913/286p/15cm
ISBN978-4-591-18228-4
P8111382